教育部
新编语文教材
指定阅读书系

面朝大海
春暖花开

海子经典诗歌集

海 子 著

长江出版传媒 | 长江文艺出版社

高端阅读指导委员会

（系各省教研员）

怀 念 (之一)

西 川

> 尸体是泥土的再次开始
> 尸体不是愤怒也不是疾病
> 其中包含着疲倦、忧伤和天才
>
> ——海子（土地王）（1987）

诗人海子的死将成为我们这个时代的神话之一。随着岁月的流逝，我们将越来越清楚地看到，1989 年 3 月 26 日黄昏，我们失去了一位多么珍贵的朋友。失去一位真正的朋友意味着失去一个伟大的灵感，失去一个梦，失去我们生命的一部分，失去一个回声，对于我们，海子是一个天才，而对于他自己，则他永远是一个孤独的"王"，一个"物质的短暂情人"，一个"乡村知识分子"。海子只生活了 25 年，他的文学创作大概只持续了 7 年，在他生命的最后两年里，他像一颗年轻的星宿，争分夺秒地燃烧，然后突然爆炸。

在海子自杀的次日晚，我得到了这一令人难以置信的消息。怎么可能这样暴力？他应该活着！因为就在两个星期前，海子、骆一禾、老木和我，还曾在我的家中谈到歌德不应让浮士德把"泰初有道"译为"泰初有为"，而应译为"泰初有生"，还曾谈到大地丰收后的荒凉和亚历山大英雄双行体。海子卧轨自杀的地点在山海关至龙家营之间的一段火车慢行道上。自杀时他身边带有4本书：《新旧约全书》，梭罗的《瓦尔登湖》，海涯达尔的《孤筏重洋》和《康拉德小说选》。他在遗书中写道："我的死与任何人无关。"一禾告诉我，两个星期前他们到我家来看我是出于海子的提议。

关于海子的死因，已经有了各种各样的传言，但其中大部分将证明是荒唐的。海子身后留有近200万字的文学作品，其中包括他一生仅记的3篇日记。早在1986年11月18日他就在日记中写道："我差一点自杀了，……但那是另一个我——另一具尸体……我曾以多种方式结束了他的生命，但我活了下来……我又生活在圣洁之中。"这个曾以荷尔德林的热情书写歌德的诗篇的青年诗人，他圣洁得愚蠢，愚蠢得辉煌！诚如凡·高所说："一切我所向着自然创作的，是栗子，从火中取出来的。啊，那些不信任太阳的人是背弃了神的人。"

海子死后，一禾称他为"赤子"——一禾说得对，因为在海子那些带有自传性质的诗篇中，我们的确能够发现这样一个海子：单纯、敏锐，富于创造性；同时急躁，易于受到伤害，迷恋于荒凉的泥土，他所关心和坚信的是那些正在消亡而又必将在永恒的高度放射金辉的事物。这种关心和坚信，促成了海子一生的事业，尽管这事业他未及最终完成。他选择我们去接替他。

当我最后一次走进他在昌平的住所为他整理遗物时，我听到自己的心跳。我所熟悉的主人不在了，但那两间房子里到处保留着主人的性格。门厅里迎面贴着一幅凡·高油画《阿尔疗养院的庭院》的印制品。左边房间里一张地铺摆在窗下，靠南墙的桌子上放着他从西藏背回来的两块喇嘛教石头浮雕和一本十六、十七世纪之交的西班牙画家格列柯的画册，右边房间里沿西墙一排三个大书架——另一个书架靠在东墙——书架上放满了书。屋内有两张桌子，门边的那张桌子上摆着主人生前珍爱的七册印度史诗《罗摩衍那》。很显然，在主人离去前这两间屋子被打扫过：干干净净，像一座坟墓。

这就是海子从 1983 年秋季到 1989 年春天的住所，在距北京城 60 多里地的小城昌平（海子起初住在西环里，后迁至城东头政法大学新校址）。昌平小城西傍太行山余脉，北倚燕山山脉的军都山。这些山岭不会知道，一个诗人每天面对着它们，写下了《土地》、《大扎撒》、《太阳》、《弑》、《天堂弥赛亚》等一系列作品。在这里，海子梦想着麦地、草原、少女、天堂以及所有遥远的事物。海子生活在遥远的事物之中，现在尤其如此。

你可以嘲笑一个皇帝的富有，但你却不能嘲笑一个诗人的贫穷。与梦想着天国，而却在大地上找到了一席之地的西班牙诗人希梅内斯不同，海子没有幸福地找到他在生活中的一席之地。这或许是由于他的偏颇。在他的房间里，你找不到电视机、录音机，甚至收音机。海子在贫穷、单调与孤独之中写作，他既不会跳舞、游泳，也不会骑自行车。在离开北京大学以后的这些年里，他只看过一次电影——那是 1986 年夏天，我去昌平看他，我拉他去看了根据陀斯妥耶夫斯基小说改编的苏联电影《白痴》，除了两次西藏之行和给学生们上课，海子的日常生活基本是这样的：每天晚上写作直至第二天早上 7 点，整个上午睡觉，整个下午读书，间或吃点东西，晚上 7 点以后继续开始工作。然而海子却不是一个生性内向的人，他会兴高采烈地讲他小时候如何在雨天里光着屁股偷吃地里的茭白，他会发明一些稀奇古怪的口号，比如"从好到好"，他会告诉你老子是个瞎子，雷锋是个大好人。

这个渴望飞翔的人注定要死于大地，但是谁能肯定海子的死不是另一种飞翔，从而摆脱漫长的黑夜、根深蒂固的灵魂之苦，呼应黎明中弥赛亚洪亮的召唤？海子曾自称为浪漫主义诗人，在他的脑海里挤满了幻象。不过又与十九世纪欧洲的浪漫主义不同。我们可以以《圣经》的两卷书作比喻：海子的创作道路是从《新约》到《旧约》。《新约》是思想而《旧约》是行动，《新约》是脑袋而《旧约》是无头英雄，《新约》是爱，是水，属母性，而《旧约》是暴力，是火，属父性；"以眼还眼，以牙还牙"不同于"一个人打你的右脸，你要把左脸也给他"，于是海子早期诗作中的人间少女后来变成了天堂中歌唱的持国和荷马。我不清楚是什么使他在1987年写作长诗《土地》时产生了这种转变，但他的这种转变一下子带给了我们崭新的天空和大地。海子期望从抒情出发，经过叙事，到达史诗，他殷切渴望建立起一个庞大的诗歌帝国：东起尼罗河，西达太平洋，北至蒙古高原，南抵印度次大陆。

至少对于我个人来讲，要深入谈论海子其人其诗，以及他作为一个象征对于我们这个时代的诗歌与社会所产生的意义与影响，还需要很长的时间。海子一定看到和听到了许多我不曾看到和听到的东西；而正是这些我不曾看到和听到的东西使他成为我们这个时代的先驱之一。在一首有关兰波的诗中海子称这位法兰西通灵者为"诗歌的烈士"，现在，孤独、痛苦、革命和流血的他也加入了这诗歌烈士的行列。出自他生命的预言成了他对自我的召唤，我们将受益于他生命和艺术的明朗和坚决，面对新世纪的曙光。

我和海子相识于1983年春天，还记得那是在北大校团委的一间兼作宿舍的办公室里。海子来了，小个子，圆脸，大眼睛，完全是个孩子（留胡子是后来的事了）。当时他只有19岁，即将毕业。那次谈话的内容我已记不清了，但还记得他提到过黑格尔，使我产生了一种盲目的敬佩之情，海子大概是在大学三年级时开始诗歌创作的。

说起海子的天赋，不能不令人由衷地赞叹。海子15岁从安徽安庆农村考入北京大学法律系，毕业后分配至中国政法大学工作，初在校刊，后转至哲学教研室，先后给学生们开过控制论、系统论和美学的课程。海子的美学课很受欢迎，在谈及"想象"这个问题时，他举例说明想象的随意性："你们可以想象海鸥就是上帝的游泳裤！"学生们知道他是一位诗人，要求他每次下课前用 10 分钟的时间朗诵自己的诗作。哦，那些聆听过他朗诵的人有福了！

海子一生爱过 4 个女孩子，但每一次的结果都是一场灾难，特别是他初恋的女孩子，更与他的全部生命有关。然而海子却为她们写下了许许多多动人的诗篇。"荒凉的山冈上站着四姐妹/所有的风只向她们吹/所有日子都为她们破碎。"（《四姐妹》）这与莎士比亚《麦克白斯》中三女巫的开场白异曲同工："雷电轰轰雨蒙蒙，何日姐妹再相逢？"海子曾怀着巨大的悲伤爱恋她们，而"这糊涂的四姐妹啊/比命运女神还多一个"。哦，这四位女性有福了！

海子在乡村一共生活了 15 年，于是他曾自认为，关于乡村，他至少可以写作 15 年。但是他未及写满 15 年便过早地离去了。每一个接近他的人，每一个诵读过他的诗篇的人，都能从他身上嗅到四季的轮转、风吹的方向和麦子的成长。泥土的光明与黑暗，温情与严酷化作他生命的本质，化作他出类拔萃、简约、流畅又铿锵的诗歌语言，仿佛沉默的大地为了说话而一把抓住了他，把他变成了大地的嗓子。哦，中国广大贫瘠的乡村有福了！

海子最后极富命运感的诗篇是他全部成就中重要的一部分。他独特地体验到了"黑夜从大地上升起/遮住了光明的天空/丰收后荒凉的大地/黑夜从你内部上升"。现在，当我接触到这些诗句时，我深为这些抵达元素的诗句所震撼，深知这就是真正的诗歌。如果说海子生前还不算广为人知或者广为众人所理解，那么现在，他已不必再讲他的诗歌"不变铅字变羊皮"的话，因为他的诗歌将流动在我们的血液里。哦，中国簇新的诗歌有福了！

目录

第一辑　短诗

第一辑　短诗

四姐妹

荒凉的山冈上站着四姐妹

所有的风只向她们吹

所有的日子都为她们破碎

空气中的一棵麦子

高举到我的头顶

我身在这荒芜的山冈

怀念我空空的房间，落满灰尘

我爱过的这糊涂的四姐妹啊

光芒四射的四姐妹

夜里我头枕卷册和神州

想起蓝色远方的四姐妹

我爱过的这糊涂的四姐妹啊

像爱着我亲手写下的四首诗

我的美丽的结伴而行的四姐妹

比命运女神还要多出一个

赶着美丽苍白的奶牛　走向月亮形的山峰

到了二月，你是从哪里来的

天上滚过春天的雷，你是从哪里来的

不和陌生人一起来

不和运货马车一起来

不和鸟群一起来

四姐妹抱着这一棵

一棵空气中的麦子

抱着昨天的大雪，今天的雨水

明天的粮食与灰烬

这是绝望的麦子

请告诉四姐妹：这是绝望的麦子

永远是这样

风后面是风

天空上面是天空

道路前面还是道路

黎明（之一）

我把天空和大地打扫得干干净净
归还给一个陌不相识的人
我寂寞地等，我阴沉地等
二月的雪，二月的雨

泉水白白流淌
花朵为谁开放
永远是这样美丽负伤的麦子
吐着芳香，站在山冈上

荒凉大地承受着荒凉天空的雷霆
圣书上卷是我的翅膀，无比明亮
有时像一个阴沉沉的今天
圣书下卷肮脏而欢乐
当然也是我受伤的翅膀
荒凉大地承受着更加荒凉的天空

我空荡荡的大地和天空
是上卷和下卷合成一本

的圣书，是我重又劈开的肢体

流着雨雪、泪水在二月

黎明（之二）

黎明手捧亲生儿子的鲜血的杯子

捧着我，光明的孪生兄弟

走在古波斯的高原地带

神圣经典的原野

太阳的光明像洪水一样漫上两岸的平原

抽出剑刃般光芒的麦子

走遍印度和西藏

从那儿我长途跋涉　走遍印度和西藏

在雪山、乱石和狮子之间寻求

天空的女儿和诗

波斯高原也是我流放前故乡的山巅

采纳我光明言词的高原之地

田野全是粮食和谷仓

覆盖着深深的怀着怨恨

和祝福的黑暗母亲

地母啊，你的夜晚全归你

你的黑暗全归你，黎明就给我吧

让少女佩带花朵般鲜嫩的嘴唇

让少女为我佩带火焰般的嘴唇

让原始黑夜的头盖骨掀开

让神从我头盖骨中站立

一片战场上血红的光明冲上了天空

火中之火，他有一个粗糙的名字：太阳

和革命，她有一个赤裸的身体

在行走和幻灭

山楂树

今夜我不会遇见你
今夜我遇见了世上的一切
但不会遇见你。

一棵夏季最后
火红的山楂树
像一辆高大女神的自行车
像一女孩　畏惧群山
呆呆站在门口
她不会向我
跑来！

我走过黄昏
像风吹向远处的平原
我将在暮色中抱住一棵孤独的树干
山楂树！一闪而过　啊！山楂

我要在你火红的乳房下坐到天亮。
又小又美丽的山楂的乳房

在高大女神的自行车上

在农奴的手上

在夜晚就要熄灭

面朝大海，春暖花开

从明天起，做一个幸福的人

喂马，劈柴，周游世界

从明天起，关心粮食和蔬菜

我有一所房子，面朝大海，春暖花开

从明天起，和每一个亲人通信

告诉他们我的幸福

那幸福的闪电告诉我的

我将告诉每一个人

给每一条河每一座山取一个温暖的名字

陌生人，我也为你祝福

愿你有一个灿烂的前程

愿你有情人终成眷属

愿你在尘世获得幸福

我只愿面朝大海，春暖花开

夜

夜黑漆漆，有水的村子

鸟叫不定，浅沙下荸荠

那果实在地下长大像哑子叫门

鱼群悄悄潜行如同在一个做梦少女怀中

那时刻有位母亲昙花一现

鸟叫不定，仿佛村子如一颗小鸟的嘴唇

鸟叫不定而小鸟没有嘴唇

你是夜晚的一部分　谁都是黑夜的母亲

那夜晚在门前长大像哑子叫门

鸟叫不定像小鸟奉献黑夜的嘴唇

在门外黑夜的嘴唇

写下了你的姓名

日 光

梨花
在土墙上滑动

牛铎声声

大婶拉过两位小堂弟
站在我面前
像两截黑炭

日光其实很强
一种万物生长的鞭子和血！

村 庄

村庄中住着母亲和儿女

儿子静静地长大

母亲静静地注视

芦花丛中

村庄是一只白色的船

我妹妹叫芦花

我妹妹很美丽

女孩子

她走来

断断续续地走来

洁净的脚

沾满清凉的露水

她有些忧郁

望望用泥草筑起的房屋

望望父亲

她用双手分开黑发

一枝野桃花斜插着默默无语

另一枝送给了谁

却从没人问起

春天是风

秋天是月亮

在我感觉到时

她已去了另一个地方

那里雨后的篱笆像一条蓝色的

小溪

北斗七星，七座村庄

——献给萍水相逢的额济纳姑娘

村庄，水上运来的房梁　漂泊不定

还有十天，我就要结束漂泊的生涯

回到五谷丰盛的村庄　废弃果园的村庄

村庄　是沙漠深处你所居住的地方　额济纳！

秋天的风早早地吹　秋天的风高高的

静静面对额济纳

白杨树下我吹不醒你的那双眼睛

额济纳　大沙漠上静静地睡

额济纳姑娘我黑而秀美的姑娘

你的嘴唇在诉说　在歌唱

五谷的风儿吹过骆驼和牛羊

翻过沙漠，你是镇子上最令人难忘的姑娘！

肉　体

在甜蜜果食中
一枚松鼠肉体般甜蜜的雨水
穿越了天空　蓝色
的羽翼

光芒四射

并且在我的肉体中
停顿了片刻

落到我的床脚
在我的手能摸到的地方
床脚变成果园温暖的树椿

它们抬起我
在一只飞越山梁的大鸟
我看见了自己
一枚松鼠肉体
般甜蜜的雨水

在我的肉体中停顿

了片刻

妻子和鱼

我怀抱妻子

就像水儿抱鱼

我一边伸出手去

试着摸到小雨水，并且嘴唇开花

而鱼是哑女人

睡在河水下面

常常在做梦中

独自一人死去

我看不见的水

痛苦新鲜的水

淹过手掌和鱼

流入我的嘴唇

水将合拢

爱我的妻子

小雨后失踪

水将合拢

没有人明白她水上

是妻子水下是鱼

或者水上是鱼

水下是妻子

离开妻子我

自己是一只

装满淡水的口袋

在陆地上行走

坛 子

这就是我张开手指所要叙说的事

那洞窟不会在今夜关闭。明天夜晚也不会关闭

额头披满钟声的

土地

一只坛子

我头一次也是最后一次进入这坛子

因为我知道只有一次。

脖颈围着野兽的线条

水流拥抱的

坛子

长出朴实的肉体

这就是我所要叙说的事

我对你这黑色盛水的身体并非没有话说。

敬意由此开始。接触由此开始

这一只坛子，我的土地之上

从野兽演变而出的

秘密的脚。在我自己尝试的锁链之中。

正好我把嘴唇埋在坛子里。河流

糊住四壁。一棵又一棵

栗树像伤疤在周围隐隐出现

而女人似的故乡、双双从水底浮上询问生育之事

思念前生

庄子在水中洗手

洗完了手，手掌上一片寂静

庄子在水中洗身

身子是一匹布

那布上沾满了

水面上漂来漂去的声音

庄子想混入

凝望月亮的野兽

骨头一寸一寸

在肚脐上下

像树枝一样长着

也许庄子是我

摸一摸树皮

开始对自己的身子

亲切

亲切又苦恼

月亮触到我

仿佛我是光着身子

光着身子

进出

母亲如门，对我轻轻开着

打　钟

打钟的声音里皇帝在恋爱
一支火焰里
皇帝在恋爱

恋爱，印满了红铜兵器的
神秘山谷
又有大鸟扑钟

打钟的声音里皇帝在恋爱
打钟的黄脸汉子
吐了一口鲜血
打钟，打钟
一只神秘生物
头举黄金王冠
走于大野中央

我是你爱人
我是你敌人的女儿
我是义军的女首领

对着铜镜

反复梦见火焰

钟声就是这支火焰

在众人的包围中

苦心的皇帝在恋爱

房　屋

你在早上

碰落的第一滴露水

肯定和你的爱人有关

你在中午饮马

在一枝青桠下稍立片刻

也和她有关

你在暮色中

坐在屋子里面不动

也是与她有关

你不要不承认

那泥沙相会，那狂风奔走

如巨蚁

那雨天雨地哭得有情有义

而爱情房屋温情地坐着

遮蔽母亲也遮蔽儿子

遮蔽你也遮蔽我

怅望祁连（之一）

那些是在过去死去的马匹

在明天死去的马匹

因为我的存在

它们在今天不死

它们在今天的湖泊里饮水食盐。

天空上的大鸟

从一棵樱桃

或马骷髅中

射下雪来。

于是马匹无比安静

这是我的马匹

它们只在今天的湖泊里饮水食盐

怅望祁连（之二）

星宿　刀　乳房

这就是雪水上流下来的东西

"亡我祁连山，使我牛羊不蕃息

失我胭脂山，令我妇女无颜色"

只有黑色牲畜的尾巴

鸟的尾巴

鱼的尾巴

儿子们脱落的尾巴

像七种蓝星下

插在屁股上的麦芒

风中拂动

雪水中拂动。

村 庄

村庄，在五谷丰盛的村庄，我安顿下来
我顺手摸到的东西越少越好！
珍惜黄昏的村庄，珍惜雨水的村庄
万里无云如同我永恒的悲伤

月　光

今夜美丽的月光　你看多好！
照着月光
饮水和盐的马
和声音

今夜美丽的月光　你看多美丽
羊群中　生命和死亡宁静的声音
我在倾听！

这是一支大地和水的歌谣，月光！

不要说　你是灯中之灯，月光！
不要说心中有一个地方
那是我一直不敢梦见的地方
不要问　桃子对桃花的珍藏
不要问　打麦大地　处女　桂花和村镇
今夜美丽的月光　你看多好！

不要说死亡的烛光何须倾倒

生命依然生长在忧愁的河水上

月光照着月光　月光普照

今夜美丽的月光合在一起流淌

雨

打一支火把走到船外去看山头被雨淋湿的麦地
又弱又小的麦子！

然后在神像前把火把熄灭
我们沉默地靠在一起
你是一个仙女，住在庄园的深处

月亮　你寒冷的火焰穿戴得像一朵鲜花
在南方的天空上游泳
在夜里游泳　越过我的头顶

高地的小村庄又小又贫穷
像一棵麦子
像一把伞
伞中裸体少女沉默不语

贫穷孤独的少女　像女王一样　住在一把伞中
阳光和雨水只能给你尘土和泥泞
你在伞中　躲开一切
拒绝泪水和回忆

敦　煌

敦煌石窟

像马肚子下

挂着一只只木桶

乳汁的声音滴破耳朵——

像远方草原上撕破耳朵的人

来到这最后的山谷

他撕破的耳朵上

悬挂着花朵

敦煌是千年以前

起了大火的森林

在陌生的山谷

在最后的桑林——我交换

食盐和粮食的地方

我筑下岩洞，在死亡之前，画上你

最后一个美男子的形象

为了一只母松鼠

为了一只母蜜蜂

为了让她们在春天再次怀孕

黑夜的献诗

——献给黑夜的女儿

黑夜从大地上升起

遮住了光明的天空

丰收后荒凉的大地

黑夜从你内部上升

你从远方来，我到远方去

遥远的路程经过这里

天空一无所有

为何给我安慰

丰收之后荒凉的大地

人们取走了一年的收成

取走了粮食骑走了马

留在地里的人，埋得很深

草叉闪闪发亮，稻草堆在火上

稻谷堆在黑暗的谷仓

谷仓中太黑暗，太寂静，太丰收

也太荒凉，我在丰收中看到了阎王的眼睛

黑雨滴一样的鸟群

从黄昏飞入黑夜

黑夜一无所有

为何给我安慰

走在路上

放声歌唱

大风刮过山冈

上面是无边的天空

太平洋的献诗

太平洋　劳动后的休息
劳动以前　劳动之中　劳动以后
太平洋是所有的劳动和休息

茫茫太平洋　又混沌又晴朗
和劳动打成一片
和世界打成一片
世界枕太平洋
人类头枕太平洋　雨暴风狂
上帝在太平洋上度过的时光
是茫茫海水隐含不露的希望
母亲和女儿都是太平洋的女儿
太平洋没有父母
在太阳下茫茫流淌
像上帝老人看穿一切的
含泪的目光

今天的太平洋不同以往
今天的太平洋为我闪闪发亮
我的太阳高悬上空　照耀这广阔太平洋

最后一夜和第一日的献诗

今夜你的黑头发

是岩石上寂寞的黑夜

牧羊人用雪白的羊群

填满飞机场周围的黑暗

黑夜比我更早睡去

黑夜是神的伤口

你是我的伤口

羊群和花朵也是岩石的伤口

雪山

用大雪填满飞机场周围的黑暗

雪山女神吃的是野兽穿的是鲜花

今夜　九十九座雪山高出天堂

使我彻夜难眠

春天，十个海子

春天，十个海子全都复活

在光明的景色中

嘲笑这一个野蛮而悲伤的海子

你这么长久地沉睡究竟为了什么？

春天，十个海子低低地怒吼

围着你和我跳舞、唱歌

扯乱你的黑头发，骑上你飞奔而去，尘土飞扬

你被劈开的疼痛在大地弥漫

在春天，野蛮而悲伤的海子

就剩下这一个，最后一个

这是一个黑夜的孩子，沉浸于冬天，倾心死亡

不能自拔，热爱着空虚而寒冷的乡村

那里的谷物高高堆起，遮住了窗户

它们一半用于一家六口人的嘴，吃和胃

一半用于农业，它们自己繁殖

大风从东吹到西，从北刮向南，无视黑夜和黎明

你所说的曙光究竟是什么意思

亚洲铜

亚洲铜，亚洲铜
祖父死在这里，父亲死在这里，我也会死
 在这里
你是惟一的一块埋人的地方

亚洲铜，亚洲铜
爱怀疑和爱飞翔的是鸟，淹没一切的是海水
你的主人却是青草，住在自己细小的腰上，
 守住野花的手掌和秘密

亚洲铜，亚洲铜
看见了吗？那两只白鸽子，它是屈原遗落
 在沙滩上的白鞋子
让我们——我们和河流一起，穿上它吧

亚洲铜，亚洲铜
击鼓之后，我们把在黑暗中跳舞的心脏叫
 做月亮
这月亮主要由你构成

阿尔的太阳

——给我的瘦哥哥

一切我所向着自然创作的，是栗子，从火中取出来的。啊，那些不信仰太阳的人是背弃了神的人。

到南方去

到南方去

你的血液里没有情人和春天

没有月亮

面包甚至都不够

朋友更少

只有一群苦痛的孩子，吞噬一切

瘦哥哥梵高，梵高啊

从地下强劲喷出的

火山一样不计后果的

是丝杉和麦田

还是你自己

喷出多余的活命的时间

其实，你的一只眼睛就可以照亮世界

但你还要使用第三只眼，阿尔的太阳

把星空烧成粗糙的河流

把土地烧得旋转

举起黄色的痉挛的手，向日葵

邀请一切火中取栗的人

不要再画基督的橄榄园

要画就画橄榄收获

画强暴的一团火

代替天上的老爷子

洗净生命

红头发的哥哥，喝完苦艾酒

你就开始点这把火吧

烧吧

粮　食

埋着猎人的山冈

是猎人生前惟一的粮食

粮食

是图画中的妻子

西边山上

九只母狼

东边山上

一轮月亮

反复抱过的妻子是枪

枪是沉睡爱情的村庄

歌：阳光打在地上

阳光打在地上

并不见得

我的胸口在疼

疼又怎样

阳光打在地上

这地上

有人埋过羊骨

有人运过箱子、陶瓶和宝石

有人见过牧猪人。那是长久的漂流之后

阳光打在地上。阳光依然打在地上

这地上

少女们多得好像

我真有这么多女儿

真的生下过这么多女儿

真的曾经这样幸福

用一根水勺子

用小豆、菠菜、油菜

把它们养大

阳光打在地上

鱼 筐

孤独是一只鱼筐

是鱼筐中的泉水

放在泉水中

孤独是泉水中睡着的鹿王

梦见的猎鹿人

就是那用鱼筐提水的人

以及其他的孤独

是柏舟中的两个儿子

和所有女儿，围着桑麻

在爱情中失败

他们像鱼筐中的火苗

沉到水底

拉到岸上还是一只鱼筐

孤独不可言说

感 动

早晨是一只花鹿

踩到我额上

世界多么好

山洞里的野花

顺着我的身子

一直烧到天亮

一直烧到洞外

世界多么好

而夜晚，那只花鹿

的主人，早已走入

土地深处，背靠树根

在转移一些

你根本无法看见的幸福

野花从地下

一直烧到地面

野花烧到你脸上

把你烧伤

世界多么好

早晨是山洞中

一只踩人的花鹿

九　月

目击众神死亡的草原上野花一片

远在远方的风比远方更远

我的琴声呜咽　泪水全无

我把这远方的远归还草原

一个叫马头　一个叫马尾

我的琴声呜咽　泪水全无

远方只有在死亡中凝聚野花一片

明月如镜高悬草原映照千年岁月

我的琴声呜咽　泪水全无

只身打马过草原

果 园

鹿的眼

两扇有婴儿啼哭

的窗户。沉积在

有河水的果园中

鹿的角

打下果实

打下果实中

劳动的妇人

体内美如白雪的婴儿

已被果园的火光

烧伤。妇人依然

低坐

比果树

比鹿

比夜晚

更低。更沉

比谷地更黑

自杀者之歌

伏在下午的水中

窗帘一掀一掀

一两根树枝伸过来

肉体，水面的宝石

是对半分裂的瓶子

瓶里的水不能分裂

伏在一具斧子上

像伏在一具琴上

还有绳索

盘在床底下

林间的太阳砍断你

像砍断南风

你把枪打开，独自走回故乡

你像一只鸽子

倒在猩红的篮子上

从六月到十月

六月积水的妇人，囤积月光的妇人

七月的妇人，贩卖棉花的妇人

八月的树下

洗耳朵的妇人

订婚的妇人

订婚的戒指

像口袋里潮湿的小鸡

十月的妇人则在婚礼上

吹熄盘中的火光，一扇扇漆黑的木门

飘落在草原上

死亡之诗

我所能看见的少女

水中的少女

请在麦地之中

清理好我的骨头

如一束芦花的骨头

把他装在箱子里带回

我所能看见的

洁净的妇女，河流上的妇女

请把手伸到麦地中

当我没有希望坐在一束

麦子上回家

请整理好我那零乱的骨头

放入一个红色的小木柜。带回它

像带回你们富裕的嫁妆

但是，不要告诉我

扶着木头，正在干草上晾衣的

妈妈。

五月的麦地

全世界的兄弟们

要在麦地里拥抱

东方，南方，北方和西方

麦地里的四兄弟，好兄弟

回顾往昔

背诵各自的诗歌

要在麦地里拥抱

有时我孤独一人坐下

在五月的麦地　梦想众兄弟

看到家乡的卵石滚满了河滩

黄昏常存弧形的天空

让大地上布满哀伤的村庄

有时我孤独一人坐在麦地为众兄弟背诵中国诗歌

没有了眼睛也没有了嘴唇

祖国（或以梦为马）

我要做远方的忠诚的儿子

和物质的短暂情人

和所有以梦为马的诗人一样

我不得不和烈士和小丑走在同一道路上

万人都要将火熄灭　我一人独将此火

高高举起

此火为大　开花落英于神圣的祖国

和所有以梦为马的诗人一样

我藉此火得度一生的茫茫黑夜

此火为大　祖国的语言和乱石投筑的

梁山城寨

以梦为上的敦煌——那七月也会

寒冷的骨骼

如雪白的柴和坚硬的条条白雪　横放在众

　神之山

和所有以梦为马的诗人一样

我投入此火　这三者是囚禁我的灯盏　吐

出光辉

万人都要从我刀口走过　去建筑

祖国的语言

我甘愿一切从头开始

和所有以梦为马的诗人一样

我也愿将牢底坐穿

众神创造物中只有我最易朽　带着不可抗

　　拒的死亡的速度

只有粮食是我珍爱　我将她紧紧抱住　抱

　　住她在故乡生儿育女

和所有以梦为马的诗人一样

我也愿将自己埋葬在四周高高的山上　守

　　望平静的家园

面对大河我无限惭愧

我年华虚度　空有一身疲倦

和所有以梦为马的诗人一样

岁月易逝　一滴不剩　水滴中有一匹马儿

　　一命归天

千年后如若我再生于祖国的河岸

千年后我再次拥有中国的稻田　和周天子

　　的雪山　天马踢踏

和所有以梦为马的诗人一样

我选择永恒的事业

我的事业　就是要成为太阳的一生

他从古至今——"日"——他无比辉煌无

　　比光明

和所有以梦为马的诗人一样

最后我被黄昏的众神抬入不朽的太阳

太阳是我的名字

太阳是我的一生

太阳的山顶埋葬　诗歌的尸体——千年王

　　国和我

骑着五千年凤凰和名字叫"马"的龙

　　　　——我必将失败

但诗歌本身以太阳必将胜利

日　记

姐姐，今夜我在德令哈，夜色笼罩
姐姐，我今夜只有戈壁

草原尽头我两手空空
悲痛时握不住一颗泪滴
姐姐，今夜我在德令哈
这是雨水中一座荒凉的城

除了那些路过的和居住的
德令哈……今夜
这是惟一的，最后的，抒情。
这是惟一的，最后的，草原。

我把石头还给石头
让胜利的胜利
今夜青稞只属于她自己
一切都在生长
今夜我只有美丽的戈壁　空空
姐姐，今夜我不关心人类，我只想你

两座村庄

和平与情欲的村庄

诗的村庄

村庄母亲昙花一现

村庄母亲美丽绝伦

五月的麦地上天鹅的村庄

沉默孤独的村庄

一个在前一个在后

这就是普希金和我　诞生的地方

风吹在村庄

风吹在海子的村庄

风吹在村庄的风上

有一阵新鲜有一阵久远

北方星光照映南国星座

村庄母亲怀抱中的普希金和我

闺女和鱼群的诗人安睡在雨滴中

是雨滴就会死亡！

夜里风大　听风吹在村庄

村庄静坐　像黑漆漆的财宝

两座村庄隔河而睡

海子的村庄睡得更沉

十四行：王冠

我所热爱的少女

河流的少女

头发变成了树叶

两臂变成了树干

你既然不能做我的妻子

你一定要成为我的王冠

我将和人间的伟大诗人一同佩戴

用你美丽的叶子缠绕我的竖琴和箭袋

秋天的屋顶、时间的重量

秋天又苦又香

使石头开花　像一顶王冠

秋天的屋顶又苦又香

空中弥漫着一顶王冠

被劈开的月桂和扁桃和苦香

麦子熟了

那一年　兰州一带的新麦
熟了

在回家的路上
在水面上混了三十多年的父亲还家了

坐着羊皮筏子
回家来了

有人背着粮食
夜里推门进来

灯前
认清是三叔

老哥俩
一宵无言

半尺厚的黄土
麦子熟了

死亡之诗（之一）

漆黑的夜里有一种笑声笑断我坟墓的木板

你可知道。这是一片埋葬老虎的土地

正当水面上渡过一只火红的老虎

你的笑声使河流漂浮

的老虎

断了两根骨头

正当这条河流开始在存有笑声的黑夜里结冰

断腿的老虎顺河而下，来到我的

窗前。

一块埋葬老虎的木板

被一种笑声笑断两截

死亡之诗（之三：采摘葵花）

——给梵高的小叙事诗

雨夜偷牛的人
爬进了我的窗户
在我做梦的身子上
采摘葵花

我仍在沉睡
在我睡梦的身子上
开放了彩色的葵花
那双采摘的手
仍像葵花田中
美丽笨拙的鸭子。

雨夜偷牛的人
把我从人类
身体中偷走。
我仍在沉睡。
我被带到身体之外
葵花之外。我是世界上

第一头母牛（死的皇后）

我觉得自己很美

我仍在沉睡。

雨夜偷牛的人

于是非常高兴

自己变成了另外的彩色母牛

在我的身体中

兴高采烈地奔跑

重建家园

在水上　放弃智慧
停止仰望长空
为了生存你要流下屈辱的泪水
来浇灌家乡平静的果园

生存无须洞察
大地自己呈现
用幸福也用痛苦
来重建家乡的屋顶

放弃沉思和智慧
如果不能带来麦粒
请对诚实的大地
保持缄默　和你那幽暗的本性

风吹炊烟
果园就在我身旁静静叫喊
"双手劳动
慰藉心灵"

询　问

在青麦地上跑着
雪和太阳的光芒

诗人，你无力偿还
麦地和光芒的情义
一种愿望
一种善良
你无力偿还

你无力偿还
一颗放射光芒的星辰
在你头顶寂寞燃烧

答 复

麦地

别人看见你

觉得你温暖，美丽

我则站在你痛苦质问的中心

　被你灼伤

我站在太阳　痛苦的芒上

麦地

神秘的质问者啊

当我痛苦地站在你的面前

你不能说我一无所有

你不能说我两手空空

明天醒来我会在哪一只鞋子里

我想我已经够小心翼翼的

我的脚趾正好十个

我的手指正好十个

我生下来时哭几声

我死去时别人又哭

我不声不响地

带来自己这个包袱

尽管我不喜爱自己

但我还是悄悄打开

我在黄昏时坐在地球上

我这样说并不表明晚上

我就不在地球上　早上同样

地球在你屁股下

结结实实

老不死的地球你好

或者我干脆就是树枝

我以前睡在黑暗的壳里

我的脑袋就是我的边疆

就是一颗梨

在我成形之前

我是知冷知热的白花

或者我的脑袋是一只猫

安放在肩膀上

造我的女主人荷月远去

成群的阳光照着大猫小猫

我的呼吸

一直在证明

树叶飘飘

我不能放弃幸福

或相反

我以痛苦为生

埋葬半截

来到村口或山上

我盯住人们死看：

呀，生硬的黄土　人丁兴旺

海水没顶

原始的妈妈

躲避一位农民

把他的柴刀丢在地里

把自己的婴儿溺死井中

田地任其荒芜

灯上我恍惚遇见这个灵魂

跳上大海而去

大海在粮仓上汹涌

似乎我和我的父亲

雪白的头发在燃烧

七月的大海

老乡们，谁能在海上见到你们真是幸福！

我们全都背叛自己的故乡

我们会把幸福当成祖传的职业

放下手中痛苦的诗篇

今天的白浪真大！老乡们，他高过你们的粮仓

如果我中止诉说，如果我意外地忘却了你

把我自己的故乡抛在一边

我连自己都放弃　更不会回到秋收　农民的家中

在七月我总能突然回到荒凉

赶上最后一次

我戴上帽子　穿上泳装　安静地死亡

在七月我总能突然回到荒凉

吊半坡并给擅入都市的农民

我

径直走入

潮湿的泥土

堆起小小的农民

——对粮食的嘴

停留在西安　多少都城的外围

多少次擅入都市

像水　血和酒

——这些农夫的车辆

运送着河流、生命和欲望

而俘虏回乡　盲目的语言只有血和命

自由的血也有死亡的血

智慧的血也有罪恶的血

父亲是死在西安的血

父亲是粮食

和丑陋的酿造者

一对粮食的嘴

唱歌的嘴　食盐的嘴　填充河岸的嘴

朝向无穷的半坡

黏土守着黏土之上小小的陶器作坊

一条肤浅而粗暴的

沟外站立文明

瓮内的白骨上飞走了那些美丽少女

半坡啊——再说——受孕也不是我一个人的果实

实在需要死亡的配合

风很美

风很美

小小的风很美

自然界的乳房很美

水很美

水啊

无人和你

说话的时刻很美

七月不远

——给青海湖，请熄灭我的爱情

七月不远

性别的诞生不远

爱情不远——马鼻子下

湖泊含盐

因此青海不远

湖畔一捆捆蜂箱

使我显得凄凄迷人

青草开满鲜花。

青海湖上

我的孤独如天堂的马匹

（因此，天堂的马匹不远）

我就是那个情种：诗中吟唱的野花

天堂的马肚子里惟一含毒的野花

（青海湖，请熄灭我的爱情！）

野花青梗不远，医箱内古老姓氏不远

（其他的浪子，治好了疾病

已回原籍，我这就想去见你们）

因此跋山涉水死亡不远

骨骼挂遍我身体

如同蓝色水上的树枝

啊！青海湖，暮色苍茫的水面

一切如在眼前！

只有五月生命的鸟群早已飞去

只有饮我宝石的头一只鸟早已飞去

只剩下青海湖，这宝石的尸体

暮色苍茫的水面

浑　曲

妹呀

竹子胎中的儿子
木头胎中的儿子
就是你满头秀发的新郎

妹呀

晴天的儿子
雨天的儿子
就是滚遍你身体的新娘

妹呀

吐出香鱼的嘴唇
航海人花园一样的嘴唇
就是咬住你的嘴唇

在泥土里

谷仓中的嘤嘤之声

萨福萨福

亲我一下

你装饰额角的诗歌何其甘美

你凋零的棺木像一盘美丽的棋局

给萨福

美丽如同花园的女诗人们

相互热爱，坐在谷仓中

用一只嘴唇摘取另一只嘴唇

我听见青年中时时传言道：萨福

一只失群的

钥匙下的绿鹅

一样的名字。盖住

我的杯子

托斯卡尔的美丽的女儿

草药和黎明的女儿

执杯者的女儿

你野花

的名字。

就像蓝色冰块上

淡蓝色水清的溢出

萨福萨福

红色的云缠在头上

嘴唇染红了每一只飞过的鸟儿

你散着身体香味的

鞋带被风吹断

我请求：雨

我请求熄灭

生铁的光、爱人的光和阳光

我请求下雨

我请求

在夜里死去

我请求在早上

你碰见

埋我的人

岁月的尘埃无边

秋天

我请求：

下一场雨

洗清我的骨头

我的眼睛合上

我请求：

雨

雨是一生过错

雨是悲欢

秋（外二首）

用我们横陈于地的骸骨

在沙滩上写下：青春。然后背起衰老的父亲

时日漫长　方向中断

动物般的恐惧充塞着我们的诗歌

谁的声音能抵达秋之子夜　长久喧响

掩盖我们横陈于地的骸骨——

秋已来临

没有丝毫的宽恕和温情：秋已来临

八月之杯

八月逝去　山峦清晰

河水平滑起伏

此刻才见天空

天空高过往日

有时我想过

八月之杯中安坐真正的诗人

仰视来去不定的云朵

也许我一辈子也不会将你看清

一只空杯子　装满了我撕碎的诗行

一只空杯子——可曾听见我的叫喊！

一只空杯子内的父亲啊

内心的鞭子将我们绑在一起抽打

　　　　　秋

秋天深了，神的家中鹰在集合

神的故乡鹰在言语

秋天深了，王在写诗

在这个世界上秋天深了

得到的尚未得到

该丧失的早已丧失

幸福一日　致秋天的花楸树

我无限地热爱着新的一日

今天的太阳　今天的马　今天的花楸树

使我健康　富足　拥有一生

从黎明到黄昏

阳光充足

胜过一切过去的诗

幸福找到我

幸福说："瞧　这个诗人

他比我本人还要幸福"

在劈开了我的秋天

在劈开了我的骨头的秋天

我爱你，花楸树

月

炊烟上下

月亮是掘井的白猿

月亮是惨笑的河流上的白猿

多少回天上的伤口淌血

白猿流过钟楼

流过南方老人的头顶

掘井的白猿

村庄喂养的白猿

月亮是惨笑的白猿

月亮自己心碎

月亮早已心碎

歌或哭

我把包袱埋在果树下
我是在马厩里歌唱
是在歌唱

木床上病中的亲属
我只为你歌唱
你坐在拖鞋上
像一只白羊默念拖着尾巴的
另一只白羊
你说你孤独
就像很久以前
火星照耀十三个州府
你那种孤独
你在夜里哭着
像一只木头一样哭着
像花色的土散着香气

我的窗户里埋着一只为你祝福的杯子

那是我最后一次想起中午
那是我沉下海水的尸体
回忆起的一个普通的中午

记得那个美丽的
穿着花布的人
抱着一扇木门
夜里被雪漂走

梦中的双手
死死捏住火种

八条大水中
高喊着爱人

小林神，小林神
你在哪里

第二辑　长诗

传 说

——献给中国大地上为史诗而努力的人们

在隐隐约约的远方，有我们的源头，大鹏鸟和猩日白光。西方和南方的风上一只只明亮的眼睛瞩望着我们。回忆和遗忘都是久远的。对着这块千百年来始终沉默的天空，我们不回答，只生活。这是老老实实的、悠长的生活。磨难中句子变得简洁而短促。那些平静淡泊的山林在绢纸上闪烁出灯火与古道。西望长安，我们一起活过了这么长的年头，有时真想问一声：亲人啊，你们是怎么过来的，甚至甘愿陪着你们一起陷入深深的沉默。但现在我不能。那些民间主题无数次在梦中凸现。为你们的生存作证，是他的义务，是诗的良心。时光与日子各各不同，而诗则提供一个瞬间。让一切人成为一切人的同时代人，无论是生者还是死者。

……走出心灵要比走进心灵更难。史诗是一种明澈的客观。在他身上，心灵娇柔夸张的翅膀已蜕去，只剩下肩胛骨上的节疤和一双大脚。走向他，走向地层和实体，还是一项艰难的任务，就像通常所说的那样——就从这里开始吧。

一、老人们

白日落西海

——李白

黄昏，盆地漏出的箫声

在老人的衣袂上

寻找一块岸

向你告别

我们是残剩下的

是从白天挑选出的

为了证明夜晚确实存在

而聚集着

白花和松叶纷纷搭在胳膊上

再喝一口水

脚下紫色的野草就要长起

在我们的脖子间温驯地长起

群山滑过我们的额头

一条陈旧的山冈

深不可测

传说有一次传说我们很快就会回来

脚趾死死抠住红泥

头抵着树林

为了在秋天和冬天让人回忆

为了女儿的暗喜

为了黎明寂寞而痛楚

那么多夜晚被纳入我们的心

我不需要暗绿的牙齿

我不是月亮

我不在草原上独吞狼群

老人的叫声

弥漫原野

活着的时候

我长着一头含蓄的头发

烟叶是干旱

月光是水

轮流度过漫漫长夜

村庄啊，我悲欢离合的小河

现在我要睡了，睡了

把你们的墓地和膝盖给我

那些喂养我的黏土

在我的脸上开满花朵

再一次向你告别

发现那么多布满原野的小斑

秦岭上的大风和茅草

趴在老人的脊背上

我终于没能弄清

肉体是一个谜

向你告别

没有一只鸟划破坟村的波浪

没有一场舞蹈能完成顿悟

太阳总不肯原谅我们

日子总不肯原谅我们

墙壁赶在复活之前解释一切

中国的负重的牛

就这样留下记忆

向你告别

到一个背风的地方

去和沉默者交谈

请你把手伸进我的眼睛里

摸出青铜和小麦

兵马俑说出很久以前的密语

悔恨的手指将逐渐停留

在老人们死去之后

在孩子们幸福之前

仅仅剩下我一只头颅，劳动

和流泪支撑着

而阳光和雨水在西斜中像许多

　　晾在田野上的衣裳

被无数人穿过

只有我依旧

向你告别

我在沙里

为自己和未来的昆虫寻找文字

寻找另一种可以飞翔的食物

而黄土，黄土奋力埋尽了你们，长河落日

把你们的手伸给我

后来张开的嘴

用你们乌黑的种子填入

谷仓立在田野上

不需要抬头

手伸出就结了叶子

甚至不需要告别

不需要埋葬

老人啊，你们依然活着

要继续活下去

一枝总要落下的花

向下扎

两枝就会延伸为根

二、民间歌谣

行到水穷处

坐看云起时

——王维

平原上的植物是三尺长的传说

果实滚到

大喜大悲

那秦腔，那唢呐

像谷地里乍起的风

想起了从前……

　　人间的道理

　　父母的道理

使我们无端地想哭

月亮与我们空洞的神交

太阳长久的熏黑额壁

女人和孩子伸出的手

都是歌谣，民间歌谣啊

十支难忍的神箭

在袖口下

平静地长成

没有一位牧人不在夜晚瘦成孤单的树

没有一支解脱的歌

聚集在木头上的人们

突然撒向大平原

像谷地里　乍起的风

茑与女萝

平静地中断情爱

马兰花没有在婚礼上实现

歌手再次离开我们

孤独地成为

人间最深处

秘密的饮者，有福的饮者

穷尽了一切

聚集在笛孔上的人群

突然撒向大平原

稻米之炊

忍住我的泪水

秦腔啊，你是惟一一只哺育我的乳头

秦腔啊是我的血缘

哭从来都是直接的

支支唢呐

在雪地上久别未归

被当成紫红的果实

在牛车与亲人中

悄悄传进城里

我是千根火脉

我是一堆陶土

梦见黑杯、牧草、宇宙

梦见红酋和精角的公牛

　　千年万年

是我为你们无休止的梦见

　　黄水

　　破门而入

编钟，闪过密林的船桅

又一次

我把众人撞沉在永恒之河中

我们倒向炕头

老奶奶那支悠长的歌谣

扯起来了

昊天啊，黄鸟啊，谷乔啊

扯起来了

泡在古老的油里

根是一盏最黑最明的灯

我坐着

坐在自己简朴的愿望里

喝水的动作

唱歌的动作

在移动和传播中逐渐神圣

成为永不叙说的业绩

穷人轮流替我抚养儿女

石匠们沿着河岸

立起洞窟

一尊尊幸福的真身哪

我们同住在民间的天空下

歌谣的天下

三、平常人诞生的故乡

天长地久

——老子

隐隐约约出现了平常人诞生的故乡

北方的七座山上

有我们的墓画和自尊心

农业只有胜利

战争只有失败

为了认识

为了和陌生人跳舞

隐隐约约出现了平常人诞生的故乡

啊，城

南岸的那些城

饥荒、日食、异人

一次次把你的面孔照亮

化石一次次把你掩埋

你在自己的手掌上

城门上

刻满一对双生子的故事

隐隐约约出现了平常人诞生的故乡

小羊一只又一只

在你巨大的覆盖下长眠

夜晚无可挽回的清澈

荆棘反复使我迷失方向

乌鸦再没有飞去

太阳再没有飞去

一个静止的手势

在古老的房子内搁浅

啊，我们属于秋天。秋天

只有走向一场严冬

才能康复

隐隐约约出现了平常人诞生的故乡

我想起在乡下和母亲一起过着的日子

野菜是第一阵春天的颤抖

踏着碎瓷

人们走向越来越坦然的谈话

兄弟们在我来临的道路上成婚

一麻布口袋种子

抬到了墙角

望望西边

森林是雨水的演奏者

太阳是高大的民间艺人

隐隐约约出现了平常人诞生的故乡

空谷里

一匹响鼻的白驹

暂时还没有被群山承认

有人骑鹤奔野山林而去

只有小小的堤坝

在门前拦住

清澈的目光

在头顶上变成浮云飘荡

让人们含泪思念

抚掌观看

隐隐约约出现了平常人诞生的故乡

那是叔叔和弟弟的故乡

是妻子和妹妹的故乡

土地折磨着一些黑头发的孤岛

扑不起来

大雁栖处

草籽粘血

高岸为谷，深谷为陵

四匹骆驼

在沙漠中

苦苦支撑着四个方向

他们死死不肯原谅我们

上路去、上路去

群峰葬着温暖的雨云

隐隐约约出现了平常人诞生的故乡

四、沉思的中国门

静而圣

动而王

——庄子

青麒麟放出白光

三个夜晚放出白光

梧桐栖凤

今天生出三只连体动物

在天之翅

在水之灵

在地之根

神思，沉思，神思

因此我陷入更深的东方

兄弟们依次狰狞或慈祥

一只红鞋

给菩萨穿上

合掌

有一道穿透石英的强光

她安详的彩虹

自然之莲

土地。句子。遍地的生命

和苦难

赶着我们

走向云朵和南方的沉默

井壁闪过寒光的宝塔

软体的生命

美丽地爬行

盛夏中原就这么过了

没有任何冒险

庄稼比汉唐陷入更深的沉思

不知是谁

把我们命名为淡忘的人

我们却把他永久地挂在心上

在困苦中

和困苦保持一段距离

我们沉思

我们始终用头发抓紧水分和泥

一个想法就是一个肉胎

没有更多的民间故事

远方的城塌了

我们就把儿子们送来

然后沿着运河拉纤回去

载舟覆舟

他们说

他们在心上铸造了铜鼎

我们造成了一次永久的失误

像是在微笑时分

墙

挡住无数的文字和昆虫

灯和泥浆

一直在渴望澄清

他从印度背来经书

九层天空下

大佛泥胎的手

突然穿过冬天

在晨光登临的小径上漫步

忏悔

出其不意地惊醒众人

也埋葬了众人

中国人的沉思是另一扇门

父亲身边走着做梦的小庄子

窗口和野鹤

是天空的两个守门人

中国人，不习惯灯火

夜晚我用呼吸

点燃星辰

中国的山上没有矿苗

只有诗僧和一泓又一泓的清泉

北方的木屋外

只有松树和梅

人们在沙地上互相问好

在种植时

按响断碑流星

和过去的人们打一个照面

最后在河面上

留下笔墨

一只只太史公的黑色鱼游动着

啊，记住，未来请记住

排天的浊浪是我们惟一的根基

啊，沉思，神思

山川悠悠

道长长

云远远

高原滑向边疆

如我明澈的爱人

在歌唱

其实是沉默

沉默打在嘴唇上

明年长出更多的沉默

你们抚摸自己头颅的手为什么要抬得那么高？

你们的灶火为什么总是烧得那么热？

粮食为什么流泪？河流为什么是脚印？

屋梁为什么没有架起？凝视为什么永恒？

太　阳①

（诗剧·选自其中的一幕）

地点：赤道：太阳神之车在地上的道。

时间：今天。或五千年前或五千年后

　　　一个痛苦、灭绝的日子。

人物：太阳、猿、鸣。

司仪（盲诗人）

"多少年之后我梦见自己在地狱做王"

----

①　海子的诗剧《太阳》选幕，是从元素原型和痛楚狂想的焚烧战斗中掷下的大诗。诗剧形式具有同时面对多重幻象的属性，对盲诗人、太阳王、猿和鸣的多重声音，以及它们构成的太阳起源、人流去脉及诗人形象便不宜做单一或肢解的分别观照。这样从戏剧体现中见诸整体共振，先看很多然后加以识见，也就能见出诗剧的九鼎之言了。

《太阳》，以剧的形式表示：读解不是单线的，也需要在目击时耳有余响，心有所记，加以思量。这是一首有各声部的复调诗歌，作品显示了一些含意及余响，同时，从音调变化和句子造所的压力去接触诗歌，感到字面下的紧张程度，也可把了解传导给情绪。《太阳》探索有爆炸力的句式，尝试用幻象——不凝结为静止画面的形象——进行写作，表现心灵的运行，摹仿创造力发射时的动态，这样把语言推出静观的边缘，冲击叙述的习惯；另外，在思考上将以人为中心点的视野，放到自然界的范围里去。这种尝试，成果可待集思广益，然而也待郑重之议。

我走到了人类的尽头

也有人类的气味——

在幽暗的日子中闪现

也染上了这只猿的气味

和嘴脸。我走到了人类的尽头

不像但丁：这时候没有闪耀的

星星，更谈不上光明

前面没有人身后也没有人

我孤独一人

没有先行者没有后来人

在这空无一人的太阳上

我忍受着烈火

也忍受着灰烬。

我走到了人类的尽头

我还爱着。虽然我爱的是火

而不是人类这一堆灰烬

我爱的是魔鬼的火　太阳的火

对于无辜的人类　少女或王子

我全部蔑视或全部憎恨

我走到了人类的尽头

也有人类的气味——

我还爱着。在人类尽头的悬崖上那第一句话是：

一切都源于爱情。

一见这美好的诗句

我的潮湿的火焰涌出了我的眼眶

诗歌的金弦踩瞎了我的双眼

我走进比爱情更黑的地方

我必须向你们讲述　在那最黑的地方

我所经历和我看到的

我必须向你们讲述　在空无一人的太阳上

我怎样忍受着烈火

也忍受着人类灰烬

我走到了人类的尽头

也有人类的气味——

我还爱着：一切都源于爱情。

在人类尽头的悬崖上

我又匆匆地镌刻第二行诗：

爱情使生活死亡。真理使生活死亡

这样，我就听到了光辉的第三句：

与其死去！不如活着！

我是在我自己的时刻说出这句话

我是在我的头盖上镌刻这句话

这是我的声音　这是我的生命

上帝你双手捧着我像捧着灰烬

我要在我自己的诗中把灰烬歌唱

变成火种！与其死去！不如活着！

在我的歌声中，真正的黑夜来到

一只猿在赤道中央遇见了太阳。

那时候我已被时间锯开

那神。经过了小镇　处死父亲

留下了人类　留下母亲

故事说：就是我

我将一路而来

解破人类谜底

杀父娶母。生下儿女

——那一串神秘的鲜血般花环

脱落于黑夜女人身下。

一切都不曾看见

一切都不曾经历

一切都不曾有过

一切都不存在

人类母亲啊——这为何

为何偏偏是你的肉体

我披镣戴铐，有一连串盲目

荷马啊，我们都手扶诗琴坐在大地上

我们都是被生存的真实刺瞎了双眼。

人，给我血迹，给我空虚

我是擦亮灯火的第一位诗歌皇帝

至今仍悲惨地活在世上

在这无边的黑夜里——

我的盲目和琴安慰了你们

而他，他是谁？

仿佛一根骷髅在我内心发出的微笑

我们　活到今日总有一定的缘故。兄弟们

我们在落日之下化为灰烬总有一定的缘故

我们在我们易朽的车轮上镌刻了多少易朽的诗？

又有谁能记住　每个人都有一条命

——活到今日，我要问，是谁活在我的命上

是谁活在我的星辰上、我的故乡？

是谁活在我的周围、附近和我的身上？

这是些什么人　或什么样的东西？！

等我追到这里

荒漠空无一人

我在河边坐下

等你等了半天

河水一波又一波

斧子已被打湿　斧子沾满水滴

喑哑的地铺上

忽明忽暗火把

照着满弓一样的乳房

那是什么岁月

我血气方刚

斧子劈在头盖骨　破碎头盖骨

从这一头飘到那一头

孕育了天地和太阳

那是什么岁月

青草带籽纷纷飘下

那时候我已经

走到了人类尽头　那时候我已经来到赤道

那时候我已被时间锯开

两端流着血　锯成了碎片

翅膀踩碎了我的尾巴和爪鳞

四肢踩碎了我的翅膀和天空

这时候也是我上升的时候

我像火焰一样升腾　进入太阳

这时候也是我进入黑暗的时候

这时候我看见了众猿或其中的一只

回忆女神尖叫——

这时候我看见了众猿或其中的一只

太阳王

我夺取了你们所有的一切。

我答应了王者们的请求。赦免了他们的死。

我把你们全部降为子民。

我决定独自度过一生。

赤道，

全身披满了大火

流淌于太阳的内部。

太阳，被千万只饥饿的头颅抬向更高的地方

你们或者尽快地成长，成为我

或者隶属于我。

隶属于我的光明

隶属于我的力量

这时候我走向赤道

那悲伤与幻象的热带　从南方来到我怀中。

我决定独自度过一生

我仅一只地幔的首领　缓慢地走向赤道

赤道，全身披满了大火，流淌于我的内部

我是地幔的首领

一群女儿是固体在高温下缓慢流动的。

她们在命运之城里计算并耗尽你生命的时辰

暴露在高原的外表

那些身处危险

那些漆黑的人们

那些斧子形的人

三只胃像三颗星来到我的轨道

你们听着

让我告诉你们

你是腐败的山河

我是大火熊熊的赤道

你是人类女儿的伴侣

我是她们死亡的见证

你是惆怅的故乡　温情的故乡

你是爱情　你是人民

你是人类部落的三颗星辰

我只是、只是太阳

只是太阳。你们或者长成我

或者隶属于我

让我离开你们　独自走上我的赤道　我的道

我在地上的道

让三只悲伤的胃　燃烧起来

（耶稣　佛陀　穆罕默德）

三只人类身体中的粮食

面朝悲伤的热带吟诗不止

让我独自度过一生　让我独自走向赤道

我在地上的道。面南而王是一个痛苦过程

我为什么突然厌弃这全部北方、全部文明的生存

我为什么要　娶赤道作为妻子

放弃了人类儿女……分裂了部族语言?!

人们啊，我夺取了你们所有的一切。夺取了道。

我虽然答应了王者们的请求、赦免了他们的死。

让我独自走向赤道。

让我独自度过一生。

其他诗歌的杯子纷纷在我的头颅里啜饮鲜血。

我一如往昔。

是天上血红色的轴展开

火红的轮子展开

巨型火轮　扇面飞翔　滚动

赤红色光带摇晃　使道燃烧

——你在地上也感到了天空的昏眩

我一如往昔。

我的太阳之轮从头颅从躯体从肝脏轰轰辗过。

接着，我总是作为中心

一根光明的轴。出现在悲伤的热带

高温多雨的高原和大海

我是赤道和赤道的主人

在热带的海底　海的表面

斩断了高原的五脏

于是我在刚果出现

我的刚果河！两次横过赤道

狂怒地泼开……赤道的水……如万弓齐放

像我太阳滔滔不绝的语言

在四月和十月　我经过天顶　深深的火红的犁

犁头划过　刻画得更深

仿佛我将一支火把投进了他的头骨嘶嘶作响

那时候赤道雨啊

赤道的雨可以养活一切生灵！

仿佛我将一支火把投进了他的头骨嘶嘶作响

这是我儿子的头骨。这是我和赤道生下的儿子

我俯伏在太阳上　把赤道紧紧拥抱

我双膝跪在赤道上　我骑在赤道上

像十个太阳骑在一匹马上

十个太阳携带着他们的武器

生存的枪膛发红灼热

那是我的生殖　那是我的武器　那是我的火焰

我俯伏在太阳上　把赤道紧紧拥抱

我的儿子　我的儿子　你在何方？

那时候我走向赤道

雷在你们头顶不断炸响

我在这瞬间成为雨林的国王、赤道的丈夫

我在这一瞬成为我自己　我自己的国王。

这就是正午时分

这就是从子夜飞驰而来的正午时分。

（地平线在我这太阳的刀刃下　向上卷曲

千万颗头颅抱在一起。咬紧牙关

千万颗头颅抱在一起仿佛头颅只有一只

地平线抱在一起仿佛一只孤独的头颅

又纠结一团仿佛扭打在一起)

我的儿子　我的儿子　你在何方？

你的头骨——那血染的枷铐

头颅旋转

空虚和黑暗

我看见了众猿或其中的一只

猿

……空虚　黑暗

我像是被谁　头脚倒置地扔入大海。

在海底又被那一场寒冷的大火

嘶嘶烧焚。

我越长越繁荣

几乎不需要我的爪子　我的双手　我的头骨

我的爪子完全是空虚的。

我的手完全是空虚的。

我的头骨完全是空虚的。

你们想一想　在赤道　在伟大的赤道

在伟大、空虚和黑暗中

谁还需要人类？

在太阳的中心　谁拥有人类就拥有无限的空虚

我是赤道上被太阳看见的一只猿。

我就是那只猿。我就是他

他出生在很远的南方　他是王国的新王

他离弃了众神　离弃了亲人

弃尽躯体　了结恩情

血还给母亲　肉还给父亲

一魂不死　以一只猿来到赤道。

他终于看到了自己和子孙。

他看见了不该看见的东西

爬过。在他身上醒来　在一只猿身上

醒来　在他身上隐隐作痛

他用整整一条命搭起了猿的肉体

走进洞窟。仍隐隐作痛

幻象的死亡

变成了真正的死亡

头飞了　在山上

半个头　走　走向赤道

（众猿去了喜马拉雅

惟有一猿来到赤道。）

古冈瓦纳　看见自己的身体上

澳洲飞走　印度飞走　南美飞走　南极飞走

（在一片大水之上

一猿的身上飞走了四猿）

多孤单啊　古冈瓦纳

我就是他

我并不孤独!

我的核心仍然抱在一起

以赤道为轴!

(梯形和三角形抱在一起

抱成一只翠绿的猿)

我的核心仍然抱在一起

哦　黑如黑夜的一块大陆

纵横万里的大高原以赤道为轴

半个头　长成一个头

赤道将头　一劈两半

一个头长成两个头　一个是诗人，一个是猿

作为诗的一半看见了猿的一半

猿　陷入困境　迷宫

他的镜子是人类。也是生殖和陷阱

从猿的坟地　飞出

飞向人的坟地——这就是人类的成长

这就是大地长成的过程

黑夜是什么

所谓黑夜就是让自己的尸体遮住了太阳

上帝的泪水和死亡流在了一起。

被黑暗推过一千年　一万年

我们就坐得更深　走进太阳的血中更深

走进上帝的血中去腐烂

我们用泪水和眼睛所不能看见的
（太阳　不分日夜　在天空上滚）

这时候我看见了月亮
我的腿骨和两根少女的腿骨，在蓝色的月亮上
交叉。在无边的黑夜里飞翔
被黑暗中无声的鸟骨　带往四面八方。
万物的母亲，你的身体里是我的腿骨

无边黑夜里
乌鸦的腿骨变成我的腿骨。双翼从我脸上长出
月亮阴暗无光的双翼
携带着我的脸　在黑夜里飞翔
双臂变成空洞无孕的子宫——流着血泪
我诞生在海上　在一瞬间
在血红的月亮上
喷吐着天空浓烈的火焰。
我的听觉　是物质　是盐是众盐之王。
大海分解着我的头骨
肉体烧焦
一个巨大的怀孕　滚动在大海中央
从海底一直滚到大海中央

太阳把自己的伤口　留在月亮上

血在流淌鲜血渗遍我全身而成月亮

火把，火的惨笑的头

我们凄凉的头　聚在一起　抬着什么

铺开大地那卷曲的刃

这时候我仿佛来到了海底

顺着地壳的断裂　顺着洋脊

看见了海底燃烧的火　飞行的火

嘶嘶叫着化成冰凉的血。

这是否就是那惟一的诗！？

笼罩着彻底毁灭、灭绝的气氛

是这样正在海洋中央披着人形（斧子形）

的光明和火　就是我

也在沙漠中央披着人形的蓝色水滴

就是我。假借人形和诗歌

向你们说话。假借力量和王的口吻

群女在隔壁的屋子里（在草原或海水绝壁上）

熏黑身子幽幽唱着　一间屋子是空虚。

另一间屋子还是空虚。

群女或为复仇的女神、命运女神、月亮女神

或为妓女或为琴师或为女护士或为女武神

或为女占卜者。在这无边的黑夜里

除了黑暗还是黑暗。除了空虚还是空虚

除了众女还是众女。我将她们混为一谈

我这赤道地带的母猿可以为她们设计各种时间

各种经历、各种生存的面具

收起时间的缰绳　任肉体之马奔向四方

（肉体之马聚集在太阳的刀刃上）

母　猿

鲜血在天上飞　在海中

又回到熊熊大火　大火在天上飞

又在海底

变成寒冷的鲜血

而入孤独山顶

在火焰中传道　在海水中传道

而入孤独血液

太阳的血污催动。

万物互相焚烧、焦黑。死亡海洋

也仿佛月亮的子宫　潮汐涌动不止

这些活跃在夜间的肉，飞翔的肉、睡眠

这些心肝状　卵状　羊头状的血红月亮

照着凄凉的平原　斧子或羊皮

竖立或斜铺在幽蓝虚无的海中

那就是我们狭窄的陆地

春天吐火的长条陆地你布满时间的伤疤

火　天空上飞着的火

"汪汪"叫着化成了血　血叫着

血"嘎嘎"地在天上飞

她们一同离开了原始居住地的太阳

也不能再称她们为火

也不能给她们命名为"飞"

她们在大海中央安顿下来

天上飞的火　在大海中央变成了血

光明变成了黑暗　光明长成了黑暗

燃烧长成了液体的肉

火　变成血　天上飞的血

在大海中央

变成人的血（一粒种子抱住我们的头）

斧子在大地深处生育小斧头

血啊、血　又开始在天上飞

由翅膀构成（或由回忆之天使）

烧焚至今的灰烬

我们悬挂在一条命

一条血、一条火上

走向地窝子

点起灯，在那似乎是微风吹拂的时间

鸣——诸王、语言

太阳在自己黑暗的血中流了泪水

那就是黑夜。

泪水流出了身体

身体长出了河流与道路

五谷坐下来

马在道路上飞着　泪水带着她的影子

她的锁链　在荒芜的山上飞

太阳　一夜听着石头滚动

石头滚回原始而荒芜的山上

原始而荒芜的山退回海底

谁是骆驼和沙漠的主人？

谁是语言中心的居住人？

谁能发号施令？

十二位刽子手倾听谁的召唤？应声而来

哪些泥土长成了女人　陪伴　葬？

一把把陶罐摔破在谁的脑袋上？

谁灼痛得遍地滚动？

谁的父亲绑在树上被宰杀？

在故乡古老的河道上漂动谁的尸体？

谁很久以前的尸体又盖在谁的尸体上？

谁摸头　头已不在？（血肉横飞　脸也飞去）

谁所有的骨头都熔化在血液里？

谁是豹子　坐在一只兴高采烈

升上天空的子宫——那是谁的子宫？

我们藏身的器皿？

谁是万物的音乐？谁是万物之母

谁是万物之母的父亲

我所陷入的是谁的生活？

谁是和谐？谁是映照万物的阴暗的镜子？

谁是衡量万物是非的准绳？

谁是生物里唯一的鬼魂——冲涌在血中？

谁快收获了？收获玉米和我

谁是西印度群岛以南夜晚的赤道上

那漆黑的乳房？

谁让我们首先变得一无所有地出现在赤道上？

那些紫红的雪　血腥的张开的嘴

既是沉默，也是失败

正在到达午夜的千年王国深处坐着谁？

坐着怎样的王者？ ——杯口断裂

谁的鲜血未能将这只杯子灌满？

"如何成为人？"

沙漠在午夜的王 又是谁？

谁是无名的国王？

深渊沉落而黑暗——

与我死后同穴的千年黑暗是谁的鸟群？

谁的灰烬也与我是死后同穴？

谁是无名的国王？ 众天之王？

在塔楼管理其他性命的谁呢？

他是谁呢？拥有全权的沙漠和海

拥有埃及的书：死亡的书

拥有一条线索和宿命的血

在夜晚的奥秘中啜饮泪水的无名国王

你到底是谁？

你到底是什么？

谁在那百花合拢的女人之内？

谁在那最后的爪子所握住的弓箭上？

谁在景色的中心？

谁 仿佛一根骷髅 在我内心发出微笑

谁把我们生殖在星球的杯子里？

我们是谁杯中的雪水或流火？！

每个人都有一条命 却都是谁的命？！

谁隐生？谁潜伏？谁不表现为生命？

谁不呼吸　不移动　没有消化作用和神经系统

谁已关闭？

谁站在断头台上？

谁使用我们落地头颅的大杯——还有天空的盛宴？

沙漠深处　谁在休息

谁总是手执火把在向我走来？

谁的残暴使旷野的阴暗暴露？

谁幻觉的灵魂马群披散于天空

谁让众鸟裸露　交配并死亡

那些眼睛又看见了什么?!　看见了谁？

在褐色的高地

我不停地落入谁的灰烬？

那些为了生存的人　为了谁度过黑夜？

英勇的猎户为了谁度过黑夜？

谁的一只胃在沙漠上蠕动　谁拿着刀子

在沙漠？只有谁寂灭才能保全宇宙的水？

谁早已站在高原　与万物同在

谁使我伸出双手　谁向我伸出双手？

谁对抗　谁崩断？

我仍然要把我引向谁　引向谁的生殖和埋葬？

谁只住在午夜

像时间终端的鸣响？

我已声嘶力竭

那不断来往的　不断开始和结束　难道不是

同一个秋天？

我暴露着　不停地不间断地在地平线上

叫喊着"棕榈　棕榈"

并把棕榈在哭泣之中当成你　你是谁

——谁是那一个已被灵充满的舌头？

　　谁是被灵充满的

沙漠上生长的苦难的火？

谁是那一个已经被漂泊者和苦行者否定的灵？

最后我们看到的又是谁？！

合　唱

告别了那美丽的爱琴海

诗人抱着鬼魂在上帝的山上和上帝的家中舞蹈。

上帝本人开始流浪

众神死去。上帝浪迹天涯

告别了那美丽的爱琴海

何日俯伏在赤道上

水滴也在燃烧

血液起了大火

船只长成大树

儿子生下父亲

鸣——民歌手（这是他自己的歌）

在曙光到来之前

兵器库中坐满了兵器

在曙光到来之前

我要厌弃你们

我要告别你们，孤零零

走向沙漠

逃亡者　在山上飞　父子

在山上飞

在山上　飞不动的

是兵器　是王座

两只鹰奄奄一息

两只鹰同时死亡　葬在一起

血红色剥落

一条条

横卧旷野

从牛取奶

从蜂取蜜

从羊取毛

回到了她的老地方

在此时

让上帝从她身上取走肉体

流亡者　在山上飞　父子在山上

在山上飞

虽然大风从北方刮向南方

草上的三道门

只看见了父子

他们肯定只是他一人

他一人

也是父子

万物是影子，是他们心中

残存的宫殿

流亡者　在山上飞　父子

在山上飞

儿子长成他的兄弟

儿子比父亲要先出生

两只鹰奄奄一息

两只鹰同时死亡　葬在一起

让哪一条火焰割去

喂养哪一个子宫?

父子　在山上飞

流亡者

在山上飞

回到了她的老地方

沙漠很广大　很偏僻　很荒凉

竖起了她自己的峭壁

合　唱

太阳向着赤道飞去　飞去　身体不在了

赤道向着太阳飞去　飞去　头　不在了

岩芯　向外爆响　爆炸裂开的伤口

广大无边的沙漠从大海中升起

沙漠从海底升起又退回大海

太阳的岩石涨破了我的脸

太阳刺破我的头盖像浓烈的火焰撒在我的头盖

两只乌鸦飞进我的眼睛。

无边的黑夜骑着黑夜般的乌鸦飞进我的眼睛

脸是最后一头野兽

黑夜是一条黑色的河。

太阳的枪管发热后春火弥漫山谷

五根爪子捧着一颗心在我的头盖上跳舞并爆裂

鸣——盲诗人的另一兄弟

头盖骨被掀开

时间披头散发

时间染上了瘟疫和疾病

血流满目的盲眼的王

沿着没落的河流走来

诗歌阴暗地缠绕在一起

春天的角渗出殷红的血

胜利者将火把投入失败者的眼眶

十位无头勇士抬着大海和沙漠

升向天空　赤道升向天空。

驱赶黑夜也汇入固定而燃烧的太阳

在悲伤的热带。在黑漆漆的　如夜的赤道

日　抱着石头　在天上滚动

太阳之轮从头颅从躯体从肝脏轰轰辗过

火红的　烧毁天空的

烈火的车子

在空中旋转

我不愿打开我的眼睛

那一对怒吼的黑白之狮

被囚禁！被抛掷在一片大荒！

听一声吼叫！听一声吼叫！

我的生活多么盲目　多么空虚

多么黑暗

多么像雷电的中心

雷……王座与火轴……

听一声吼叫！

森林中黑色的刺客

迅速下降到煮头的锅中

内脏黑暗　翻滚过地面

太阳中殷红如血的内脏吐露：剑

合　唱

剑说：我要成为一个诗人

我要独自挺进

我要千万次起舞　千万次看见鲜血流淌

剑说：我要翻越千万颗头颅

成为一个诗人

是从形式缓慢而突然激烈地走向肉体

从圣人走向强盗。从本质走向

粗糙而幻灭无常的物质。走向一切

生存的外表

听一声吼叫!

太阳殷红如血的内脏吐露:剑,我的

剑,我的儿子,我的儿子

我的儿子

愤怒的骨髓　复仇的骨髓

仇恨的骨髓

自我焚烧的骨髓

在太阳中间

被砍伐或火烧之后

仍有自我恢复的迹象

我的儿子!我的儿子!

内脏黑暗　剑翻过地层

我是儿子更是宝剑的天性

挂在我的骨头上的车轮和兵器——是我的肉体

是我的儿子　他伸出愤怒的十指

向天空责问

那些在肉体上驾驶黑夜战车的太阳之人

太阳中的人到底是谁呢?

到底是谁呢？伴随了我的一生

试其刀刃光芒

那些树下的众神还会欢迎我回到他们的行列吗？

我走到了人类的尽头

土　地

（《太阳·土地篇》）

"土地死去了，用欲望能代替他吗？"

（1月。冬。）

第一章　老人拦劫少女

情欲老人，死亡老人

在森林中，你这古老神祇

一位酒气熏天的老人

情欲老人，死亡老人

他又醉

又饿

像血泊，像大神的花朵

他这大神的花朵

生长于草原的千年经历

我这和平与宁静的儿子

同在这里

情欲老人，死亡老人
一条超于人类的河流
像血泊，像大神的花朵

森林中这老人
死亡老人，情欲老人，啜饮葡萄
他来自灰色的瓮、愿望之外
他情欲和死亡的面容
如和平的村庄

血泊一样大神的花朵
他又醉
又饿

在这位高原老人的压迫下
月亮的众神、一如既往仍在戽水
只有戽水，纺织月光
(用少女的胫骨)

情欲老人，死亡老人
伸出双手高原的天空
月亮的两角弯曲
坐满神仙如愁苦的秋天

秋天，不能航渡众神的秋天

泪水中新月的双角弯曲

秋天的歌滚动诸神的眼眶

仿佛是在天国，在空虚的湖岸

情欲老人，死亡老人

在这草原上拦劫众人

一条无望的财富之河上众牛滚滚

月亮如魔鬼的花束

情欲老人，死亡老人

在这中午的森林

喝醉的老人拦住了少女

那少女本是我

草原和平与宁静之子

一个月光下自生自灭的诗中情侣。

情欲老人，死亡老人

如醉中的花园倾斜

伸出双手拦住了处女

我多想喊：

月亮的众神、幸福的姐妹

你们在何方？

有歌声众神难唱

人类处女如雪

人类原始的恐惧

在黎明

在蜂鸟时光

在众神沉默中

我像草原断裂。

湖泊上青藤绕膝

我的舌头完全像寂静之子。

在这无辜的山谷

在这黄金草原上

情欲老人，死亡老人

强行占有了我——

人类的处女欲哭无泪。

戽水者阻隔在与世隔绝的秋天

戽水用少女的胫骨

月亮的双角倾斜，坐满沉痛的众神

我无所依傍的生涯倾斜在黄昏

星辰泪珠悬挂天涯

众泪水姐妹滚滚入河流

黎明凄厉无边

月亮的光　奔赴人间的水

请把我埋入秋天以后的山谷

埋入与世隔绝的秋天

让黄昏的山谷像王子的尸首

青年王子的尸首永远坐在我身上

黄昏和夜晚坐在我脸上

我就是死亡和永生的少女

叫月亮众神埋入原型的果园

情欲老人，死亡老人

又醉又饿，果园倾斜

我就是死亡和永生的果园少女

（2月。冬春之交。）

第二章　神秘的合唱队

（沉郁与宿命。一出古悲剧残剩的断片）

情欲老人死亡老人：你是谁？

王子：王子

老人：你来自哪里？

王子：母亲，大地的胸膛

老人：你为何前来我的国度？聪明的王子，你难道不知这里只有死亡？

王子：请你放开她，让她回家

那位名叫人类的少女

老人：凭什么你竟提出如此要求？

王子：我可以放弃王位

老人：什么王位？

王子：诗和生命

老人：好，一言为定

我拥有你的生命和诗

第一歌咏

鹰

河上的肉

打死豹子　糅合豹子

用唱歌

用嘴唇

用想象的睡狮之王

狮豹搏斗

鹰盘旋

河上的肉

睁开双眼

第二歌咏

豹子是我的喜悦

豹子在马的脸上摘下骨头
在美丽处女脸上摘下骨头

阴暗的豹
在山梁上传下了阴郁的话语

"我是暴君家族最后一位白痴
用发疯掩盖真理的诗"

豹子豹子
我腹中满怀城市的毒药和疾病
寻找喜悦的豹子　真理的豹子

一切失败会导致一次繁忙的春天
豹子响如火焰　哲学供你在无限的黄昏进行
河流如绿色的羊毛燃烧

此刻豹子命令一位老人抱着母狮坐上王位
山巅上　故乡阴郁而瘟疫的黏土堆砌王座
部落暗绿色灯火一齐向他臣服

第三歌咏

道……是实体前进时拿着的他自己的斧子

坟墓中站起身裹尸布的马匹和猪

拉着一辆车子

在鼓点如火之夜

扑向乡间刑场

　　车上站立着盲目的巨人

　　车上囚禁着盲目的巨人

在厨娘酣然入睡之时

在女巫用橡实喂养众人酣然入睡之时

马匹和猪告诉我

"我的名字上了敌人的第一份名单"

真实的道路吞噬了一切豹子　海牛　和羔羊

在真实的道路上我通过死亡体会到刽子手的

　　欢乐

在一片混沌中挥舞着他自己的斧子

那斧子她泪眼蒙眬似乎看见了诗歌

她在原始的道路上禁绝欲望

在原始的秋天的道路上

陪伴那些成熟的诗人　一同被绑往法场

道路没有光泽　甚至没有忧愁

闪闪发亮的斧子刃口上奔驰着丑陋的猪和壮

丽之马

拉着囚禁盲目巨人的车辆　默默无言的巨人

这是死亡的车子　法官的车子

他要携带一切奔向最后的下场

车前奔跑着你的侍从　从坟墓中站起的马匹

　　和猪

车中囚禁着原始力量　你我在内心的刑场上

　　相遇

我们在噩梦的岩石　堆砌的站台

梦想着简洁的道路

真实的道路

法官的车子奔驰其上的道路

马匹和猪踢着蹄子　拥挤不堪重负

泥土在你面前反复死亡

原始力量反复死亡　实体享受着他自己的斧

　　子

数学和诗歌

也是原始力量　从墓中唤醒身裹尸布的马和

　　猪

携带着我们

短暂的生命来到这个世界上

包括男人和女人、狮子和人类复合的盲目巨

　　人

原始的力量　他　孤独　辞退绝望的众神

独自承担唤醒死亡的责任

被法官囚禁却又在他的车上驾驭他的马匹

这就是在他斧刃上站立的我的诗歌

诗歌罪恶深重

构成内心财富

农舍简陋　不同于死亡的法官的车辆

却同是原始力量的姐妹

都坐在道上　朝向斧刃

"道"的老人　深思熟虑　欲望疲乏而平静

果断放弃女人、孩子、田地和牲畜

守着地窖中的一盏灯

几近熄灭

乡下女人提着泥土　秘密款待着他　向他奉

　献

那匹马奔驰其上

泥土反复死亡　原始的力量反复死亡　却吐

　露了诗歌

第四歌咏

黑色的玫瑰

诸神疲乏而颓丧

在村镇外割下麦穗

在村镇中割下羊头

诸神疲乏而颓丧

诸神令人困惑的永恒啊！

诸神之夜何其黑暗啊！

诸神的行程实在太遥远了！

诸神疲乏而颓丧

就让羊群蹲在草原上

羊群在草原上生羊群

黑色的玫瑰是羊母亲

歌中唱到一颗心

"两只羊眼睛望着

两条羊腿骨在前

两羊腿骨在后"

"一条羊尾巴

一条羊皮包裹上下

羔羊死而复活"

"一只羔羊在天空下站立

他就是受难的你"

黑色的玫瑰，羔羊之魂。

缄默者在天堂的黄昏。

在天堂这时正是美好的黄昏

诸神渴了　让三个人彼此杀害却死了四个人。

148

死亡此诞生

更为简单

我们人类一共三个人

我们彼此杀害

在最后的地上

倒着四具尸首

使诸神面面相觑

他是谁

为什么来到人的村庄

他是谁

在众羊死亡之前

我已经诞生

我来过这座村庄

我带着十二位面包师垒好我血肉的门窗

——耶路撒冷　耶路撒冷

　　你有惟一的牧羊人孤单一人任风吹拂

村镇已是茫茫黄昏　死亡已经来临

妈妈　可还记得

与手艺人父亲领着我

去埃及的路程

黑色的玫瑰

一个守墓人

一个园丁

在花园

他的严峻使我想起正午

斧头劈开守墓人的脑袋

斧头劈开守墓人的脑袋

第五歌咏　雪　莱

雪莱独白片断（之二）

我写的是狂喜的诗歌　生命何其短促！

平静的海将我一把抓住

将我的嘴唇和诗歌一把抓住

我写的是狂喜的诗歌　天空

天空是内部抽搐的骆驼

天才是哭泣的骆驼深入子官

骆驼和人

四只手分开天空

四只手怀孕

两颗怪异而变乱的心

骆驼和人民　没有回声也没有历史

在镌刻万物的水上难以梦见别的骆驼

存在

水上我的人民

泪珠盈盈或丰收满筐

我的人民

这刻下众多头颅的果园理应让她繁荣！

新鲜　锐利　痛楚　我的人民

当人类脱离形象而去

脱离再生或麦秆而去

剧烈痛楚的大海会复归平静。

当水重归平静而理智的大海

我的人民

你该藏身何处？

雪莱和天空的谈话

（天空戴一蓝色面具）

雪：太阳掰开一头雄狮和一个天才的内脏

长出天空　云雀和西风

太阳掰开我的内脏

孕育天空的幻象

孕自收缩和阴暗狭隘的内心

天：当人类恐惧的灵魂抬着我的尸骨在大地

上裸露

在大地上飞舞

生存是人类随身携带　展开的行李

——行李片刻消解

一片寂静

代代延续。

雪：只有言说和诗歌

坐在围困和饥馑的山上

携带所有无用的外壳和居民

谷物和她的外壳啊　只有言说和诗歌

抛下了我们　直入核心

一首陌生的诗鸣叫又寂静

我

诉说

内脏的黑暗　飞行的黑暗

我骑上　诉说　咒语　和诗歌

一匹忧伤的马

我骑上言语和眼睛

内心怯懦的马和忧伤之马

我的内脏哭泣　那个流亡的诗人

抓住自己的头颅步行在江河之上

路啊　诗歌苍茫的马

在河畔怀孕的刹那禽兽不再喧响

我不知道自己还要向前走得多远

匆匆诞生匆匆了结的人性　还没有上路

还在到处游荡　万物繁花之上悲惨的人

头戴王冠纷纷倒下

天：麦地收容躯壳和你的尸体　各种混乱的

　再生

在季节的腐败或更新中

只有你低声歌唱

只有你这软弱的人才会产生诗句

各种混乱的再生　凶手的双手——陌生

　又柔软的器官

是你低声唱歌季节的腐败和更新

雪　莱

（伟大的独白）

大地　你为何唱歌和怀孕？

你为何因万物和谐而痛苦

叫内心的黑暗抓住了火种

人民感到了我

人民感动了我

灵魂的幻象丛生

一只摔打大地的鼓上盘坐万物　盘坐燃烧晃

　动的太阳

一只泥土的太阳生物的太阳

一齐鸣叫的太阳

悲愤燃烧的灵魂满脸晕红地坐在河流中央

山峰上的刀枪和门扇结育果实于万物森林

树木和人民——一次次水的外壳，纷纷脱落

　于这种奇幻的森林

草木和头颅又以各种怪异疯狂的唱歌和飞翔

　再生于水。

王子的光辉——献给雪莱

歌队长：我的人民坐在水边　看着大海死去

　天才死去

我的人民身边只剩下玉米和柴刀

和一两个表妹　锡安的女儿容颜憔

　悴

我的人民坐在水边　只剩下泪水　耻辱和仇恨

歌　队：拥抱大海的水已流尽

拥抱一条龙的怪异、惊叫而平静的水

已流尽。

八月水已流尽。

七月水已流尽。

雪莱是我的心脏哭泣　再无泪水

理应明白再无复活！理由并不存在！

　　无须寻找他！

雪莱——我的手和头颅　在万物之

　　河中并不　存在　水已流尽！

歌队长：我用我的全身寻找一条河　尤其是

　　陌生的河

我用全身寻找那一个灵魂

歌　队：那个灵魂在群鼓敲响的时分就会孤

　　单地跳下山峰！

那颗灵魂是神圣的父母生下的灵魂

一等群鼓敲响就会独自跳下山峰！

雪山上这些美丽狮子陪伴着那个孤

　　单的灵魂

那颗灵魂也深爱着这些美丽的狮子

那是些雪山上雪白的狮子呵

在游荡中陪伴着那个孤单的灵魂

深夜里我再也不敢梦见的灵魂呵

总是在夜深人静时反复地梦见我！

一个孤独的灵魂坐在蓝色无边的水

　　上鳞片剥落

歌队长：我的人民坐在水边　看着大海死去

　　天才死去

我的人民身边只剩下玉米和柴刀

和一两个表妹。锡安的女儿容颜憔悴

第六歌咏

种豆南山——给梭罗和陶渊明

于水井照映我们相互摸手，表示镇定。

那天空不动，田地稀少。

移步向盈水的平原之瓮。

秋天如同我扶着腰安睡如地。

一只雨水卧在我久久张开的嘴里。

乳头之牛，亦在花色温柔的黄昏。

这可是宇宙

土内之土

豆内之豆

灯中之灯

屋里之屋

寻找内心和土地

才是男人的秘密

打开一只芳香四溢的山谷

雁鸣如烛火明灭在高堂。

城头撤离的诸神只留下风和豆架

掌灯人来到山谷

豆架如秋风吹凉的尸首。

葬到土地为止。

雪最深于坚强的内心冰封。

梭罗和陶渊明破镜重圆。

土地测量员和文人

携手奔向神秘谷仓。

白色帝子飘于大风之上

谁言田园？

河上我翩然而飞

河打开着水，逢我杀我

河扼住喉咙　发出森林声音

谁言田园？

河上我重见面包师女儿

涉世未深　到达浅水

背负七只负债人的筐子

两位饥饿中，灯火

背负故乡鸡声鸟鸣而去。

鸟落南山。粮食飞走。

是只身前往的鸟闪于豆棵。

一座村落于夜外。

一斧子砍杀月亮群马安静。

"风吹月照的日子

他来到这面山坡时我在村里

他来到这面贫穷的山坡时我在村里看护庄

　稼……"

施洗者：你们终于来到了这条施洗者的河流

　　　　你们终于来到了这条通往永恒的河

　　　　你们终于来到了　王子们

　　　　精灵和浪子，你们终于来到这里

王　子：那位老师呢

　　　　从我们王子中成长起来的那位老师

　　　　呢？

施洗者：他们已成为永恒。

　　　　你们呢？你们想成为永恒吗？

　　　　来　接受我的施洗吧

王　子：我们拒绝永恒

　　　　因为永恒从未言说

　　　　因为永恒从未关心过我们

　　　　我们拒绝永恒

我们要投往大地。

第七歌咏　韩波

（颂歌体散文诗——未刊）

第八歌咏　马洛

（颂歌体散文诗——未刊）

第九歌咏　庄子

（颂歌体散文诗——未刊）

……

（3 月。春。）

第三章　土地固有的欲望和死亡

……从泪水中生长出来的马，和别的马一样。

死亡之马啊，永生之马，马低垂着耳朵

像是用嘴在喊着我——那传遍天堂的名字。

那时我被斜置地上，脱下太阳脱在麦地的衣

　　裳

我会一无所有　我会肤浅地死去

在这之前我要紧紧抓住悲惨的土地

土　从中心放射　延伸到我们披挂的外壳
土地的死亡力　迫害我　形成我的诗歌
土的荒凉和沉寂。

断头是双手执笔
土地对我的迫害已深入内心
羔羊身披羊皮提血上山剥下羊皮就写下朴素
　　悲切的诗。

诗，我的头骨，我梦中的杯子
他被迫生活于今天的欲望
梦中寂静而低声啜泣的杯子
变成我现在的头盖是由于溅上一滴血。

这只原始的杯子　使我喜悦
原始的血使我喜悦　部落愚昧的血使我喜悦
我的原始的杯子在人间生殖　一滴紫色的血
混同于他　从上帝光辉的座位抱着羔羊而下

太阳双手捧给太阳和我
她们逐渐暗淡的鲜血。

在这条河流上我丢失了四肢
只剩下：欲望和家园
心　在黄昏生殖并埋葬她的衣裙

有一天水和肉体被鸟取走

芳香而死亡的泥土
对称于原始的水。
在落日殷红如血的河流上
是丰收或腐败的景色。

女人这点点血迹、万物繁忙之水
繁荣而凋零　痛苦而暧昧
灾难之水如此浩瀚——压迫大地发光
原始诸水的昔日宁静今日破坏无一幸存。

水上长满了爪子和眼睛　长满石头
石头说话。大地发光
水——漫长而具体的痛楚
布满这张睁开眼睛的土地和人皮！

土　鞭打着农奴　和太阳
土把羊羔抱到宰杀羊羔的村庄
这时羊羔忽然吐出无罪的话语

"土地，故乡景色中那个肮脏的天使
在故乡山岩对穷人传授犯罪和诗。"

"土地，这位母亲

以诗歌的雄辩和血的名义吃下了儿子。"

苦难的土　腹中饥饿摆动
我们的尸骨并非你的欲望
映出你无辜而孤独的面容

荒凉的海　带来母马　胎儿　和胃
把这些新娘　倾倒在荒凉的海滩
任凭她们在阴郁的土上疯狂生长

这些尸体忽然在大海波涛滚滚中坐起
在岩石上　用血和土　用小小粗糙的手掌
用舌头　尸体建起了渔村和城

远离蓝色沉睡的血
彩色的庄稼就是巨大的欲望
把众神遗弃在荒凉的海滩上。

彩色的庄稼　也是欲望　也是幻象
他是尸体中惟一幸存的婴儿　留下了诗歌

欲望　你渐渐沉寂
欲望　你就是家乡
陪伴你的只有诗人的犹豫和缄默
周围是坐落山下的庄稼

双手纺着城市和病痛

母亲很重，负在我身上

亦剩公木头和母木头

亦剩无角处女。

亦剩求食　繁殖和死亡。

土地抱着女人　这鲜艳的奴隶

女人和马飞行在天上

子宫散发土地腐败

五谷在她们彩色鳞甲上摔打！

而漂洋过海的是那些被我灌醉的男人

拥有自己的欲望

抱着一只酒桶和母鸡思考哲学：

"欲望啊　你不能熄灭"

这些欲望十分苍白

这些欲望自生自灭

像城市中喃喃低语

而我对应于母亲　孕于荒野

翅膀和腹部　对应于神秘的春天

我死去的尸体躺在天堂的黄昏

肮脏而平静

我的诗歌镌刻在丰收和富裕之中

诗歌
语言之马
渡过无形而危险的水上
语言发自内心的创伤。

尸体中唯一的婴儿　留下了诗歌
甚至春天纯洁的豹子也不能将他掩盖

一块悲惨的人骨　被鹰抓往天上
犹如夜晚孤独的灵魂闪现于马厩
诗歌的豹子抓住灵车撕咬。

感情只是陪伴我们的小灯，时明时灭
让我们从近处，从最近处而来迫近母亲脐带
（人类是人类死后尸体的幻象和梦想
被黑暗中无声的鸟骨带往四面八方）

的确这样
在神圣的春天
春之火闪烁。

的确这样
肉体被耕种和收割　千次万次

动物的外壳

坚强而绵长

的确这样

一面血红大鼓住在你这荒凉的子宫

当吹笛人将爪子伸进我的喉管

我欲歌唱的人皮上画满了手！

悲惨的王子，你竟然在这短暂的一生同时遇

　　见了

　　生老病死？

"我怕过，爱过，恨过，苦过，活过，死过"

四位天王沉闷地托住你的马腿

已经有的这么多死亡难道不足以使大地肥

　　沃？

四只马腿从原始的人性开始

原始的欲望唱一支回归母亲的歌

为了死亡我们花好月圆

而死亡金色的林中我吹响生育之牛

浑浑噩噩一块石头

在行星的周期旋转中怀孕

初生的少女坐满河湾散发谷物或雨水的腥味

165

女人背好甜蜜的枣子　正在思乡
或者转变念头　与年迈婆母一起打点行装

路得坐在异乡麦田。
远离故乡的殡葬
会使大地肥沃而广阔

而土地的死亡力正是诗歌
这秘密的诗歌歌唱你和你的女祖先
——畜栏诞生的王啊！

你的一双大腿在海底生病
你的一双大腿　戴上母羊贵重光芒

有神私于马厩　神私入马厩　神撕开马厩之
　门
　神撕开母马
挪动胎位的地方　惨不忍睹
合拢的圣杯——我的头骨

秋　一匹身体在天空发出响声
像是祖先刚刚用血洗过

而双手的土地　正是新鲜的　正常的　可食
　的

秋天的生殖器——我的双手

如马匹　雄健而美丽

仍在原始状态

你这王

王。

（4月。春。）

第四章　饥饿仪式在本世纪

饥饿是上帝脱落的羊毛

她们锐利而丰满的肉体被切断　暗暗渗出血

　来

上帝脱落的羊毛　因目睹相互的时间而疲倦

上帝脱落的羊毛

父、王，或物质

饥饿　他向我耳语

智慧与血不能在泥土中混杂合冶。

九条河流上九种灵魂的变化

歪曲了龙本身。

只有豹子或羊毛　老虎偶尔的欲望

超于原野的幼稚水准而生存。

到达必需的黑暗　把财富抛尽
你就尽可吃我尸体与果实于实在的桶。

饥饿　胃上这常醉的酒桶
饥饿　我摇动木柄　花蛾子白雪落在桶中

从个人的昏暗中产生饥饿
由于努力达到完美　而忍受宽恕

收藏失败的武器
在神的身旁居住
倾听你那秘密和无上的诗歌

在我们狂怒的诗行中　大地所在安然无恙
坚硬的核从内心延伸到我们披挂的外壳
在沙漠散布水源和秘密口语的血缘

诗歌王子　你陪伴饥饿的老王
在众兵把持的深宅
掌灯度夜　度日如年

围困此城的大兵已拥妻生子了吧。
以更慢的速度　船运载谷子或干草

饥饿的金色羊毛上
谁驮着谁飞逝了？

神灵的雨中最后的虎豹也已消隐。
背叛亲人　已成为我的命运。
饥饿中我只有欲望却无谷仓。

太阳对我的驳斥　对我软弱的驳斥
太阳自身　用理性　用钢铁　在饮酒

饥饿和虚假的公牛　攀附于一种白痴　一种
　骗局
愤怒砍伐我们　退回故乡麦粒的人
砍伐言语退为家园诗歌的人

只有羔羊　睡在山谷底　掰开一只桶
朗诵羊皮上沉痛的诗歌
发出申辩的声音。

太阳于我的内脏分裂
饥饿中猎人追逐的猎物
亡命于秋天　他是羔羊在马厩歇息

在护理伤口的间歇

诗歌执笔于我

又执笔于河道。

回忆我的亲人

我已远离了你。

上帝脱落的羊毛　囚禁在路途遥远的车上

原始的生命囚禁在路途遥远的车上

车子啊　你前轮是谷仓　后轮是马厩

一块车板是大木栅

另一块板是干草场

驾车人他叫故乡

囚犯就是饥饿。

前后左右拥着绿色的豹子

浑浊　悲痛而平静

奔向远方的道路上

羊毛悲痛地燃烧

那辆车子仿佛羔羊在盲目行走

故乡领着饥饿　仿佛一只羔羊

酷律：刻在羊皮上　我是诗歌。

是为了远方的真情？而盲目上路

奥秘　从灰烬中站起脱下了过去的丑陋

道　从灰烬中站起脱下了过去的诗歌

过去的诗歌是永久的炊烟升起在亲切的泥土

　上

如今的诗歌是饥饿的节奏。

火色的酒

深入内心黑暗

饥饿或仪式

斧子割下天鹅或果园

捡起第一块石头杀死第一只羊

盲目的石头闪现出最初的光芒

这就是才华王子的诗歌

通过杀害解放了石头和羊　灵魂开始在山上

　自由飘荡

手又回到泥土凶手悲惨的梦境

饥饿或仪式

这些造化的做梦的巨兽　驮负诗歌　明亮飞

　翔

脆弱的河谷地带一家穷人葬身在花生地上

这也是一次谈论诗歌的悲惨晚上

他们受害脸孔面带笑容出现在凶手梦中

（5 月。春夏之交。）

第五章　原始力

在水中发亮的种子

合唱队中一灰色的狮子

领着一豹　一少女

坐在水中放出光芒的种子

走出一匹灰色的狮子　领着豹子和少女

在河上蹒跚

大教堂饲养的豹子　悲痛饲养的豹子

领着一位老人　一位少女

在野外交配。生下圣人

的豹子也生下忧郁诗篇

提着灯　飞翔在岩石上　我与他在河中会面

我向他斥问　他对我的迫害

他缄默

在荒凉的河岸

因为饥饿而疲乏

我们只能在一片废墟上才能和解

最后晚餐　那食物径直通过了我们的少女

她们的伤口　她们颅骨中的缝合
最后的晚餐端到我们面前
这一道筵席　受孕于我们自己。

丰收的女祖先

大地幻觉的丰收

荒凉的酒杯

我的酒杯

在人间行走　焚烧　痉挛

我的生殖的酒杯

驱赶着我疲倦的肉体

子宫高高飞翔

我问我的头颅　你是否还在饥饿

早就存在

岁年的中心

掠夺一切的女祖先！

丰收中心

疲倦的泉水中心

风暴中心

女祖先衣衫华贵

——土

丰收的人皮

坐满一只酒杯　坐满狼和狮子

豹子的赤裸身子是我的嫁妆。

黎明和黄昏是我处女的脂香。

河流上　狮子的手采摘发亮的种子

发亮的水

绿色的豹子顺着忧郁的土地一路奔跑

追赶我就像追赶一座漆黑的夜里埋葬尸体的

　　花园

尘土的豹子　跳跃的豹子

豹子和斧子

在河上流淌

我的肉体和木桶在河上沉睡着

我肉体和木桶　被斧子劈开

豹子撕裂……以此传授原始的血。

我喜悦过花朵　嘴唇　大麦的根和小麦的根

我喜悦过秋风中诸神为我安排的新娘

我粗壮的乳房　移向豹子和牛羊

狮子和豹子在酒精中和解

兄弟拥抱睡去

古老的太阳如今变异

女祖先

披散着长发

进入我的身体

对我发号施令

变异在太阳中心狂怒地杀你

变异的女祖先

在死亡中　高叫自我　疯狂掠夺

难以生存的走投无路的诗人之王?

谁能说出你那惟一的名字?!

淫荡的乡间的酒馆内

破败的瓮中惟一的盐

你是否记得

抛在荒凉的海滩

盐田上坐着痴呆的我——走投无路的诗人之

　　王?

腐败的土地

这时响起

令人恐怖的

丰收的鼓。

鼓　嘣嘣地响了

内陆深处巨大的鼓

欲望的鼓

神奇的鼓啊

我多么渴望这正午或子夜神奇的鼓　命定而

黑暗

鼓！血和命！绿色脊背！红色血腥的王！
沉闷的心脏打击我！露出河流与太阳
我漠视祖先
在这变异的时刻　在血红的山河
一种痛感升遍我全身！

大地微微颤动
我为何至今依然痛苦！
我的血和欲望之王
鼓！
我为何至今仍然痛苦！

（承受巨大失败和痛苦的一只血红的鼓在流
　血）

擂起我们流血的鼓面
滋生玉米　腐败的土地　变乱的太阳

鼓！节奏！打击！死亡！快慰！欲望！
鼓！欲望！打击！死亡！
退向旷野！退向心脏！退向最后的生存
变乱而嚣叫的荒野之神　血　污浊的血
热烈而黏稠　浓稠的血　在燃烧也在腐败

命定而黑暗！

鼓！打击！独立！生存！自由！强烈而傲慢！

血和命　只剩下我在大地上伸展腐烂的四肢

承受巨大失败和痛苦的一只鼓在流血

我的鼓使大地加快死亡步伐！

血！打击！节奏！生存！自由！

在海岸　他们痛苦不安地吼叫

为了他们之中保留一面血腥的鼓

（这个人　像真理又像诗

　坐在烈日鼓面任我们宰杀）

（6 月。夏。）

第六章　王

王，他双手提鸟，食着鸟头，张开双耳

倾听那牛羊的声音

岩石之王，性欲之王，草原之王

你上肢肥壮、下肢肥壮

如岩石　如草原　如天堂的大厅

死亡只能使你改头换面

王

痉挛

腹部在荒野行走

一只月亮在荒野上行走

蓝色幽暗的洞窟

在荒野上行走

我　手执陶土的灯　野猪的灯

手执画笔　割下动物双眼的油脂

并割下在树林中被野猪撕咬的你

你身上的油脂

浓厚的油脂

涂抹在崖面

王，火焰的情欲

火焰的酒

酒上站立粮食

我的裸露

我的头颅

我的焚烧

王　请开口言语　光——要有光

这言语如同罪行的弓箭　寂静无声

众眼睁开　寂静无声

罪行的眼睛

雨的眼睛

四季的眼睛

"口含天使舍弃马匹的歌声

口含诸神舍弃圣地悲惨的歌声"

"夏季瞬间和芳香手指的歌

撒下洪水的歌

诸神扛着天梯撤离我们

撒下洪水的歌　玉黍和螺号重重的歌"

是我在海边看见了直立的全身光芒肩生双翅

　　的天使

脚蹬着火的天梯

天使如着火的谷仓升上天空

众神撤离须弥山　是我一具尸体孤独留下

我终于摔死在冷酷的地上　口含天使舍弃马

　　匹的歌

口含诸神舍弃圣地悲惨的歌声

众神从我微温的尸体上移开了种子

我的爪子是光明舞动的肝脏在高原升上

我的眼睛是一对黑白狮子正抛弃黎明

众神之手剥开我的心脏一座殷红如血的钟

众神之手从我微温的尸体上移开了种子

埋葬尸体的天空

光明陌生而有奇迹

光

光明

光明中父亲双手

宰杀了我

杀害的尸体照红岩石

杀害如岩石照红云霞和山冈的棉花

我　一具太阳中的尸体

落入王的生日

一具太阳中的尸体　横陈

大地　犹如盲诗人的盲目

盲诗人的盲目是光明中

一只新娘咬在我头颅中

大地进入黄昏

掩饰悲惨的泥土

疲倦的泥土

河水拍岸

秋天遥遥远去

流离失所的众神正焚烧河流

尸体——那是我睡在大地上的感觉

雨雪封住我尸体

我尸体是我自己的妹妹

云朵中躲避雷电的妹妹

云朵下埋藏谷物的妹妹

名为人类

近似妹妹的感觉

近似长久的感觉

大地躺卧而平坦　如一个故乡

尸体是泥土的再次开始

尸体不是愤怒也不是疾病

其中只包含愤怒、忧伤和天才

人类没有罪过只有痛苦

太阳火光照见大地两岸的门窗

痛苦疲倦的泥土中有天才飞去

王啊　这是我用你油脂画出的图画和故事

在那似乎门楣和我稻麦环绕的窗户下

那声音的女人　香气的女人　大腿的女人

　　散花的女人

大片升起　乘坐云朵

脚趾美丽清澈

这些阴暗的花园　坐在不动的岩石上

这些鸟群

白色的鸟群

带来半岛、群岛、花朵和雨雪

这些阴暗的花园

她们来自哪里？

为什么她们轻蔑而理性地看着群岛的太阳？

王啊

肉体的你　许多你

飞翔的大腿果实沉落洞底

蓝幽幽的岩石　在白云浮现的八月的山上

王啊

一只岩石裂开　凿开洞窟安慰你的孤寂

王啊

他们昏昏沉沉地走着

（肉体和诗下沉洞窟）

仿佛比酒还醉

大地没有边缘和尽头

（肉体和诗下沉洞窟）

蜂巢

比酒还醉

我梦见自己的青春

躺在河岸

一片野花抬走了头颅

蜜蜂抬走了我的头颅

在原野上　在洞窟中

甜蜜的野兽抬走了我的头颅

月光下

我的颈项上

开满了花朵

　　　我

　　如蜂巢

全身已下沉

存蕴泉水和蜜

一口井、洁净而圣洁

图画的蜜

如今是我的肉体

蜜蜂如情欲抬走了头颅

野兽如死亡抬走了头颅

（7 月。夏。）

　　　　第七章　巨　　石

诸神岩石的家乡

河流流淌

有何指望

问众神，我已堕落，有何指望

肉体像一只被众神追杀的

载满凶手的船只，有何指望

圣地有何指望

众神岩石的家乡

众神沉默　沉闷

而啜饮

在水

在河流

背负我肉体和罪过的万物之水上

众神沉默　沉闷啜饮

众神沉默

在我的星辰

在我的村庄沉闷啜饮

在这如泣如诉的地方

　　（有玉的国

　　有猪的家）

巨石的众神，巨石巨石

能否拯救我们

（猪圈和肉体）

拯救这些陷入财富和欲望的五彩斑斓的锦鸡

吧

岩石巨大的岩石

救救孩子

救救我们

巨大的岩石、岩石

岩石　不准求食和繁殖

只准死亡　只准死亡的焚烧　岩石！回答

　我！

岩石吼叫　岩石歌唱

歌唱然后死亡

一只灵魂的手　伸出岩石　不准求食与繁殖

一只灵魂的手众人痛苦的狮子

焚烧北方最后一次焚烧

岩石狂叫　岩石歌唱　岩石自言自语

（群岛上，死亡梦见的岩石

死亡梦见的太阳和平原的岩石）

岩石　从黑暗中诞生　大家裸露身体　露齿

狂笑

远远哭泣的太阳的脊背

头颅抬起，又在海面上沉沦

太阳的光芒、太阳全身的果树、岩石！

岩石吼叫！岩石歌唱

"如果我死亡

我将明亮

我将鲜花怒放"

大地痛苦叫着向天空飞去

火焰舔着我　红色裸体舔着我

裸体的羊群围着我　大片裸露的红色狮子舔

　着我

我——这广阔的天堂　头颅轰然炸开

惊悸的大地　痛苦地叫着　向天空飞去

在这狮子和婴儿看护的睡眠的岩石上

惊悸的大地　痛苦地叫着　向天空飞去

一只头颅焚毁大地的公牛

大地黄金的森林中怀孕在哭泣

河流长存的暮雪焚烧大地果园

大地痛苦的诗！

大地痛苦尖叫向天空飞去

夜晚焚烧土地与河流　梦境辉煌

天空的红色裸体　高高举起我

一次次来到花朵

太阳！

让岩石吼叫让岩石疯狂歌唱

饥饿无比的太阳　琴　采满嘴唇　潮湿的花

　　朵

饥饿无比的太阳、天空的红色裸体、高举着我

饥饿无比的太阳

双手捧着万物归宿

太阳用完了我

太阳用完了野兽和人

岩石的花朵

孤独的处女

返回洞穴和夜晚

岩石的花朵

孤独的处女

露出群山

的麦和肢体！

在岩石上

我真正做到了死亡

在岩石上

我真正地

坐下。

大地无限伸展

双手摆动

啜饮万物的河流

岩石吼叫　岩石歌唱

（群岛上死亡梦见的岩石在天空上焚烧

太阳的焚烧茫然的大地居民的焚烧）

填满野兽和人的太阳

太阳!

焚烧万物的河岸　悬在空中

焚烧万物的岩石　歌唱的彩色的岩石　狂叫

　　的

　　岩石　悬在天空

焚烧万物的河岸在于我们内心黑暗的焚烧

——一块岩石　愤怒而野蛮　头颅焚烧

　　悬在半空

我们悬在空中，双目失明，吃梨和歌唱

焚烧万物的河岸　悬在天空——我们内心万
　物的黑暗
　　焚烧

敦煌在这块万物的岩石上
填满了野兽和人
的太阳

敦煌在我们做梦的地方
只有玉米与百合闪烁
人生在世。
玉米却归于食欲。
百合虽然开放，却很短暂。

（8 月。夏秋之交。）

第八章　红月亮……女人的腐败或丰收

大地那不能愈合的伤口
名为女人的马
突然在太阳的子宫里生下另一个女人
这匹马望着麦粒里的雨雪

心境充满神圣与宁静

马突然在太阳的子宫里生下一个女人

那就是神奇的月亮

大地的伤口先是长出了断肢残体

一截一截　悲惨红透

大地长出了我们的马　我们的女人

像是大地悲惨的五脏

突然破土而出

为什么会有这么多安睡的水？

会有这么多安详的水？灾难的水？

鸣叫之夜高高飞翔

对称于原始的水

犹如十五只母狼　带着水

哺乳动物的愿望

使你光着屁股　漂浮在水上

犹如一个战士　武装的人　剥下马皮　剥下
　　羊皮

用冰河流淌的雪水　披在身上

写一首歌颂女人的诗　披在身上

月亮的表面吸附着女人的盐和女人的血

火灾中升起的灯光　把大地照亮

月亮表面粗糙不平　充满梦境

月亮的内心站着一匹忧伤的马　一个女人

用死亡的麦粒喂活她

人和悲惨的大地是如此相似

以至吸引凄苦的月亮

丰收的月亮　腐烂的月亮

你鳞片剥落

残暴轰击我的洞穴居民

马和女人披散着长发　人们啊

我曾在水上呼唤过你们

船长为何粗鲁塞住你们的双耳低垂

那双手又为何被你们牢牢捆绑

在桅杆上不得挣脱

河流上忽然涌出了这些奇异的女人

这些光滑的卵石和母马

这些红色透明的蜜蜂　小小的腹部唱歌

忧伤的胸前　果实微隆而低垂

包括嘴唇　你是三棵拥有桑椹的桑树

河流上忽然涌出了这些奇异的女人

忧伤的河水沉醉

涌上两岸浇灌麦地和金黄的王冠

内含丰收或腐败　一只王冠。

干草沁出香泽　微弱的湖泊飞舞

我在洛阳遇见你

在洛阳的水上遇见你

以泉水为绿发

以黄昏为马

花朵般腹部在荒野飞翔

那只领头的豹子在殷红如血的明月的河流上

飞翔　驱赶着我的躯体

——这些女人痛苦而暧昧。

灰蓝的豹子　黑豹子　这些梦中的歌手

骑着我的头颅　逼迫着暴君般的双手伸向河

岸上无知的

　果树

手和子宫　你从石头死寂中茫然上升

丰收时

望见透明的母豹　脉动的母豹

盘桓崖壁　再生小豹

丰收是女人的历程

女人是关在新马厩里忧郁的古马

竖起耳朵　听见了

秋天的腐败和丰收

月亮的内心站着一匹忧伤的马

豹子　在丰收中　骑着我的头颅

骑着这些抽搐而难产的母亲生产父亲

原始诸水的昔日宁静

今日被破坏无一幸存

月亮　土地的内脏倒退　回到原始的梦境

虎豹纷纷脱落于母亲

群狮举首水上

熄灭于月亮中

月亮这面貌无限阴沉的女人

这万物存在仪式中必备的药和琴

光明的少女脊背上挂着鹌鹑　翅膀乍开　稻

　　谷飘香

　　　流水淙淙

一只手在平原上捡拾少女和雨水中的鹌鹑

光明照耀森林中马和妻子的身体叭叭响了

月亮　荒凉的酒杯　荒凉的子宫
在古老的
幻觉的丰收中

手边的东西　并不能告诉
我们　什么又收进桶里
收进繁荣　敏锐　沉寂的桶

沉寂的桶
苦难而弯曲的牛角
容器　与贫乏的诗

在古老幻象的丰收中
腐败的土　低下头来
这诗歌的脚镣明亮

人们在河上乘坐香草和鱼群
在女人光滑的脊背上
我写着一首写给马匹的诗
（大意如此：）

月亮的马飞进酒中　痛楚地鸣叫
那是我酩酊大醉的女人

她们搂住泥土睡眠和舞蹈

她们仿照河流休息和养育

（9月。秋。）

第九章　家　园

人们把你放在村庄

秋风吹拂的北方

神祇从四方而来　往八方而去

经过这座村庄后杳无音信

当秋天的采集者坐满天堂

边缘的树林散放着异香

提供孤独的平原

亲人啊　命运和水把你喂养

人们把你放在敦煌

这座中国的村庄

水和沙漠　是幽幽的篮子

天堂的笑容也画在篮子上

人们把你放在秋天

这座中国的村庄

秋风阵阵　在云高草低的山上

居住一个灵魂

秋天的灵魂啊
你忧愁
你美好
你孤独而善良

当我比你丑陋
我深爱你容貌的美好
当我比你罪恶
我钦佩你善良和高尚

隐隐河面起风
秋天的灵魂啊
怎样的疾病和泥土
使你成为女人

龙的女儿　她仍垂髻黄发
守着村庄的篱笆
衰老和泥土的龙
身上填满死去的青年

水和黎明
静静落下
闪烁青年王子

尸体果园的光

尸体头戴王冠

光芒和火焰的边缘

酷似井水的蓝色

当苇草缠绕秋天

大地敦煌

开放一朵花

一匹马　处女

飞出湖泊

这是一个秋天的果园

像裸体天空

光明的天空

长出枝叶　绿色的血

秋天的云和树

秋天的死亡

落入井水和言语

水井　病了又圆

家园

你脆弱

像火焰

像裸体

云冈　麦积山　龙门和敦煌

这些鹰在水上搬运秋天的头颅

果园和大地行程万里

头颅埋葬的北方　山崖睡眠　涌出秋天

在大地和水上

秋天千里万里

回到我们的山上去

从山顶看向平原

痛楚

秋天明灭

黎明　黄昏的苦木

树林

果园

酒

溢出果实

远方就是你一无所有的家乡

风吹来的方向

庄稼熟了

磨快镰刀

坐在秋天

大地　美好的房子

风吹　居住在大地的灵魂

那时圣洁而美好

回到我们的山上去

（10 月。秋。）

第十章　迷途不返的人……酒

"迷途不返的人哪，你们在哪里？

我们的光芒能否照亮你的路"

——叶赛宁

大地　酒馆中酒徒们捧在手心的脆弱星辰

漠视酒馆中打碎的其他器皿

明日又在大地中完整　这才是我打碎一切的

　真情

绳索或鲜艳的鳞　将我遮盖

我的海洋升起着这些花朵

抛向太阳的我们尸体的花朵　大地！

太阳的手　爬回树上　秘密的春之火在闪烁
破缺的王　打开大弓　羊群涌入饥饿的喉咙
大地绵绵无期

我们玉米身体的扩张绵绵无期
是谁剥夺了我们的大地和玉米

何方有一位拯救大地的人？
何方有一位拯救岛屿的人？拯救半岛的人
　何日安在

祭司和王纷纷毁灭　石头核心下沉河谷　养
　育
　马匹和水
大地魔法的阴影深入我疯狂的内心
大地啊，何日方在？

大地啊，伴随着你的毁灭
我们的酒杯举向哪里？
我们的脚举向哪里？

大地　盲目的血
天才和语言背着血红的落日

走向家乡的墓地

想想我是多么疲倦

想想我是多么衰老

习惯于孕育的火焰今日要习惯熄灭

绿色的妇女　阴郁的妇女　疯狂扑上一面猩

　　红的大鼓

土地的大腿为求雨水　向风暴阴郁撕裂

绿色的妇女　阴郁的妇女

在瓦解中搂住我一同坐在燃烧的太阳和酒精

　　中心

我在太阳中不断沉沦不断沉溺

我在酒精中下沉　瓦解　在空中播开四肢

大地是酒馆中酒徒们捧在手心的脆弱星辰

天使背负羽翼　光照雪山……幻象散失

光芒的马　光芒的麦芒　又侵入我的酒　我

　　充满

　　大地的头

诗歌生涯本是受难王子乘负的马

饮血食泪　苦难的盐你从大海流放于草原

迁徙、杀伐、法令和先知的追逐

皆成无头王子乘马飞翔

"我曾在河畔用水　粗糙但是洁净
我们大树下的家园
在大地的背面　我曾升起炊烟——"

"孩子　口含手指　梳理绿色的溪流
美丽果实神圣而安然"

"河畔秋风四起　女人披挂月亮银色的藤叶
男人的弓箭也长成植物
家园　为我们珍藏着诗歌　和用来劳动的
　斧头"

"如果没有水，石器不能投进冰河，木器不能
　潮湿做梦"

"当我从海底向你们注视——
事物、天空的儿女
聚拢在家中　如尸体。"

"茫然地注视河川
和我们自身的流逝
王子，你徒增烦恼"

故乡和家园是我们惟一的病　不治之症啊

我们应乘坐一切酒精之马情欲之马一切闪电

　　离开这片果园

　　这条河流这座房舍这本诗集

快快离开故乡跑得越远越好！

（野花和石核下沉河谷）

快快登上路程　任凭风儿把你们吹向四面八

　　方

最后一枝花朵你快快凋零

反正我们已不可救药

"回返的道路水波粼粼

有一次大地泪水蒙蒙"

大地　酒馆中酒徒捧在手心

漠视酒馆中打碎的其他器皿

这才是我打碎一切的真情

　　*　　　　*　　　　*　　　　*

辽远的　残缺的生活中的酒啊

请为我们倾倒

秋天　千杯万盏

无休无止的悲哀的秋天的酒啊　请为我们倾倒！

痛苦　放荡和家园　你这三位姐妹

乘坐酒的车子　酒的马

坐在红色庄稼上

酒　人类的皇后　雨的母亲　四季的情人

我在观星的夜晚在村落布满泪珠

猎鹿人的酒分布于草原之湖。

水上的

　一对孩子、吐出果核

双腿在苹果林中坐成夫妻

酒的刀

酒的刃

刃刃的刀刃

酒的刀

酒的芒刺

果实　泉水　皇帝

果实　牵着你的手　大地摇晃

麦穗的纹路　在你脊背上延伸　如刀刃　如

　火光

大地在深处　放射光芒

在靠近村庄的地方　一棵果树爆炸

我就是火光四起的果园

麦地无边无际　从故乡涌向远方

麦秆　麦秸　完整的麦地与远方　无边无际

　　涌来

让酒徒坐在麦地中独自把杯盏歌唱

在花蕊的狮子和处女中

雪中果实沉落。

*　　　　*　　　　*　　　　*

歌队长：一座酒馆　傍着山崖在夕阳下燃烧

是在寂寞的燃烧的一座酒馆

坐满圣人和妓女

你们是我的亲人

在夕阳下的家园借酒浇愁

众使徒：愤怒和游戏的酒啊！

老师　你已如痴如醉

愤怒和游戏的酒啊！

歌队长：洪水退去　战祸纷止

一个兵重返故里

一个幸存的农民

领着残剩的孩子

“老板　容我在这家酒馆暂且安身”

众使徒：这最后的屋顶摇晃

只剩下内心的谷仓

内心向着内心的谷仓，酒！

歌队长：母亲和水病了

我们对坐

（我和从我身上

脱下的公牛）

在酒馆里对坐

众使徒：如痴如醉的地方

溢出的多余部分

使两岸麦子丰收

歌队长：公牛在我身上

仿佛在故乡，踏上旧日道路

因而少言寡语

公牛在我身上

见一面，短一日，公牛病了

我开始惧怕

（人是大自然失败的产物）

雨打风吹

我最后的屋顶摇晃

我灵魂的屋顶摇晃

灯不安　守住自己的公牛

我在酒馆里继续公牛的沉重和罪

众使徒：在饮酒的时候

我们对坐——

心与树林中公牛倾听的耳朵

歌队长：星辰上那些兽主们举刀侵入土地

一两样野兽的头

在果实的血汁中沉浮

果木树林中高昂头颅嘶叫的野兽们

大火　光　在火之中心　在花蕊的

　　狮子和处女

在酒中沉溺　呼叫诗人的名字

百合花一样歌唱的野兽啊！

听风缓缓地吹

百合花一样歌唱金雀花一样舞蹈的

　　野兽啊！

一下一下听得见土壤灌进我体内

又一次投入大地秘密的殉葬

我的肉中之肉！殉葬

大地短暂而转动

众使徒：酒中的豹子　酒中的羊群

面你而坐

太阳在波浪上　驱赶着人群　果子

　　传递

歌队长：一只老野兽给我口诀：星宿韶美

返回洞穴的雨水

酒！太阳的舌头平放在群鸟与清水之
　　上
酒！飞禽的语言和吹向人类的和暖的
　　风

退向忧愁的河流
斯河两岸有一只被野花熏醉的嘴唇
和一只笨拙的酒杯

一只孤独的瓮
平原一只瓮
一只瓮　粮食上的意外　故事和果
　　实装饰你
一只瓮：沉思的狂喜　掠夺的狂喜

"酒　千杯万盏　血中之血"
众使徒：果子传递
手　长满一地
花朵长满一地
酒杯长满一地

（11 月。秋冬之交。）

第十一章　土地的处境与宿命

婆罗门女儿

嫁与梵志子

生了一个儿子

又怀了孕

丈夫送她回娘家生产

带着大儿子一同上路

夜幕徐临树林子

丈夫熟睡在土地

夜枭声声

她生产疼痛

血腥引来蛇蟒

咬了丈夫

天亮她起身

痛不欲生

抱着一个　牵着一个

一步步走向娘家人

一条河

断道路

一条河上

无桥也无人

"娘先将弟抱过河"

把婴儿放在绿草丛

等她反身向着大儿子

大儿子不小心滚入河水中

河水之中

娘呆立

急流卷走

他儿童的声音

才又想起小婴儿

连滚带爬回草中

只剩血和骨

已喂饱狼儿碧绿的眼睛

夫亡子殇的女人

一步步走向娘家人

"你娘家不幸失火

全家人葬身火中"

她横身倒地

风将她吹醒

报丧的老人

将她带回家中

嫁给了一位酒鬼

不久又临盆

产子未毕

醉丈夫狂呼开门

她卧床难起

生产的疼痛

醉丈夫破门而入

打得她鼻青脸肿

凶残的手

撕碎婴儿

还以死相逼女人

吃下自己爱婴

夜深人静

她奔出大门

月亮照着

这女人

一路乞讨到

波罗奈河滨

一座大坟旁

她安身

遇见一位丧妻

哭祭的富人

怜情生爱意

又结为夫妻

日升月落不长久

新丈夫又染病

暴死在

女人怀中

因为波罗奈风俗

她被活埋坟中

同时还埋下不少

值钱的东西

一群盗匪

夜来掘墓盗金

透入空气

她又捡回性命

盗匪头子将她

拖回自己家中

强逼为妻不久

丈夫砍头处死

又把她和尸体

一起埋入坟中

三天后野狼

爪子刨开墓

吃尽了

死尸

她爬出墓穴

站立

这女人就是

大地的处境

（12 月。冬。）

第十二章　众神的黄昏

一盏真理的灯

照亮四季循环中古老的悔恨

灯中囚禁的奴隶　米开朗基罗

在你的宫殿镌刻我模糊的诗歌

割下我的头颅放在他的洞窟

为了照亮壁画和暗淡的四季景色

一盏真理的灯

我从原始存在中涌起，涌现

我感到我自己又在收缩　广阔的土地收缩为

　　火

给众神奠定了居住地。

我从原始的王中涌起　涌现

在幻象和流放中创造了伟大的诗歌

我回忆了原始力量的焦虑　和解　对话

对我们的命令　指责和期望

我被原始元素所持有

他对我的囚禁、瓦解　他的阴郁

羊群　干草车　马　秋天

都在他的囚车上颠簸

现代人　一只焦黄的老虎

我们已丧失了土地

替代土地的　是一种短暂而抽搐的欲望

肤浅的积木　玩具般的欲望

白雪不停地落进酒中

像我不停地回到真理

回到原始力量和王座

我像一个诗歌皇帝　披挂着饥饿

披挂着上帝的羊毛

如魂中之魂　手执火把

照亮那些洞穴中自行摔打的血红鼓面

一盏真理的诗中之灯。

王　为神秘的孕育而徘徊雪中

因为饥饿而享受过四季的馈赠

那就是言语

言语

"壮丽的豹子

灵感之龙

闪现之龙　设想和形象之龙　全身燃烧

芳香的巨大老虎　照亮整个海滩

这灰烬中合上双眼的闪闪发亮的马与火种

狮子的脚　羔羊的角

在莽荒而饥饿的山上

一万匹的象死在森林"

那就是言语　抬起你们的头颅一起看向黄昏

众神的黄昏　杀戮中　最后的寂静

马的苦难和喊叫

构成母亲和我的四只耳朵　倾听内心的风暴

和诗

季节循环中古老的悔恨

狮子　豹　马　羔羊和骆驼

公牛和焦黄的老虎　还有岩石和玫瑰

这是一种复合的灵魂

一种神秘而神圣的火　秘密的火　焦虑的火

在苦难的土中生存、生殖并挽救自己

季节是生存与生殖的节奏

季节即是他们争斗的诗

（众神的黄昏中土与火　他二人在我内心绞

　杀）

太阳中盲目的荷马

土地中盲目的荷马

他二人在我内心绞杀

争夺王位与诗歌

须弥山巅　巨兽仰天长号

手持牛羊壮美　手持光芒星宿

太阳一巨大后嗣　仰天长号

土……这复合的灵魂在海面上涌起

毙命的马匹　在海中燃烧

八月将要埋葬你，大地

用一把歌唱的琴　一把歌唱的斧头

黄昏落日内部荷马的声音

在众神的黄昏　他大概也已梦见了我
盲目的荷马　你是否仍然在呼唤着我
呼唤着一篇诗歌　歌颂并葬送土地
呼唤着一只盛满诗歌的敏锐的角

我总是拖带着具体的　黑暗的内脏飞行
我总是拖带着晦涩的　无法表白无以言说的
　元素飞行
直到这些伟大的材料成为诗歌
直到这些诗歌成为我的光荣或罪行

我总是拖带着我的儿女和果实
他们又软弱又恐惧
这敏锐的诗歌　这敏锐的内脏和蛹
我必须用宽厚而阴暗的内心将他们覆盖

天空牵着我流血的鼻子一直向上
太阳的巨大后代生出土地
在到达光明朗照的境界后　我的洞窟和土地
填满的仍旧是我自己一如既往的阴暗和本能

我那暴力的循环的诗　秘密的诗　阴暗的元
　素
我体内的巨兽　我的锁链

土地对于我是一种束缚

也是阴郁的狂喜　秘密的暴力和暴行

我的诗　追随敦煌　大地的艺术

我的诗　在众神纠纷的酒馆

在彩色野兽的果园　洞窟填满恐惧与怜悯

我的诗，有原始的黑夜生长其中。

腹部或本能的蜜蜂

破窑或库房中　马飞出马

母牛或五谷中

腐败的丰收之手

那腹部　和平的麦根　庄严的麦根

在丛林中央嚎叫不懈的黄色麦根

在花园里　那腹部　容忍了群马骚动

我的手坐在头颅下大叫大嚷"你会成功吗"？

我一根根尖锐的骨骼做成笛子或弓箭。包裹

　着

女人，我的母亲和女儿，我的妻子

肉体暂且存在。他们飞翔已久。

他们在陌生的危险的生存之河上飞翔了很

　久。

而今他们面临覆灭的宿命

是一个神圣而寂寞的春天

天空上舞着羊毛般拳曲　洁白的云

田野上鹅一样　成熟的油菜

在这个春天你为何回忆起人类

你为何突然想起了人类　神圣而孤单的一生

想起了人类你宝座发热

想起了人类你眼含孤独的泪水

那来到冥河的掌灯人就是我的嘴唇

穿过罪人的行列她要吐露诗歌。

诗歌是取走我尸骨的鸟群

诗歌。

诗，像母马的手，沿着乳房，磨平石子

诗像死去的骨骼手持烛火光明

诗　是母马　胎儿和胃

活在土地上

果真这样？母亲沉睡而嗜杀

(坐在水中的墓地　进行这场狩猎

在那人怀沙的第一条大江

披水的她们从绿发之马下钻出

怀抱头颅

怀抱穷苦的流放的头颅——

这盏灯在水上亮着

镌刻诗歌）

我忘记了　我的小镇卡拉拉　石头的父亲
我无限的道路充满暮色和水　疼痛之马朝向
　罗马城
父亲牵着一个温驯而怒气冲冲的奴隶
沿着没落的河流走来

我忘记了　只有他　追随贫穷的师傅学习了
　一生
灯中囚禁的奴隶　孤独星辰上孤独的手
在你的宫殿镌刻我模糊的诗歌。想起这些
石头的财富言语的财富使我至今辛酸

而他又干了些什么？
两耳　茫茫无声
一生骑着神秘的火　奢侈的火
埋下乐器，专等嘶叫的骆驼！

大地的泪水汇集一处　迅即干涸
他的天才也会异常短暂　似乎没有存在
这一点点可怜的命运和血是谁赋予？
似乎实体在前进时手里拿着的是他的斧子。

我假装挣扎　其实要带回暴力和斧子

投入你的怀抱

"无以言说的灵魂　我们为何分手河岸

我们为何把最后一个黄昏匆匆断送　我们为

　何

匆匆同归太阳悲惨的燃烧　同归大地的灰烬

我们阴郁而明亮的斧刃上站着你　土地的荷

　马"

一把歌唱的斧子·　荷马啊

黄昏不会从你开始　也不会到我结束

半是希望半是恐惧　面临覆灭的大地众神请

　注目

荷马在前　在他后面我也盲目　紧跟着那盲

　目的荷马

名师引读《海子的诗》

"做一个诗人，你必须热爱人类的秘密，在神圣的黑夜走遍大地，热爱人类的痛苦和幸福，忍受那些必须忍受的，歌唱那些应该歌唱的。"海子在作品《我热爱的诗人——荷尔德林》中如是说。

想要读懂海子，是困难的。海子曾说："诗歌是一场烈火，而不是修辞练习。"他的诗确实是一团熊熊燃烧然后瞬间爆炸的火。面对这团烈火，我们激动不已，手足无措。

如何接近"火"，甚至是抵达"火"呢？给同学们的建议是这样的：

一、有选择性地读，多读海子的抒情短诗。

对中学生来说，阅读海子充满了幻象的史诗型的长诗，是难的。读海子的诗，建议多读他的短诗，读短诗中的名篇。海子的300多首短诗中，有不少脍炙人口的作品，除了《面朝大海，春暖花开》，还有《亚洲铜》《祖国（或以梦为马)》《夜色》《麦地与诗人》《日记》《村庄》《远方》《九月》《重建家园》《活在珍贵的人间》《女孩子》……

二、知人论世，了解点海子的生活与诗歌追求。

"除去两次西藏之行和给学生们上课，海子的日常生活基本上是这样的：每天晚上写作直至第二天早上七点，整个上午睡觉，整个下午读书，间或吃点东西，晚上七点以后继续开始工作。"他的好友，也是诗人的西川在《怀念》一文中是这么介绍海子的，"在他的房间里，你找不到电视机、录音机，甚至收音机。海子在贫穷、单调与孤独之中写作。他既不会跳舞、游泳，也不会骑自行车"。贫穷、单调、孤独，与其说是海子的生活状态，不如说是他的主动选择，他说"我要做远方忠诚的儿子/和物质的短暂情人"（《祖国（或以梦为马）》）。这位单纯、敏锐、富于创造性的诗人生活在城市中，却选择了背离城市，他将目光投向了远方、麦地、荒凉的乡村、炽热的太阳……

海子在《诗学·一份提纲》中说道，"我恨东方诗人的文人气质。他们苍白孱弱，自以为是。他们隐藏和陶醉于自己的趣味之中。他们把一切都变成趣味，这是最令我难以忍受的。比如说，陶渊明和梭罗同时归隐山水，但陶重趣味，梭罗却要对自己的生命和存在本身表示极大的珍惜和关注。这就是我的诗歌的理想，应抛弃文人趣味，直接关注生命存在本身。"海子的这句话，也许会让人难以接受，但不可否认海子难以忍受中国古代诗人用趣味消解痛苦的做法，表现出了一种直面人生痛苦的勇气。他的诗句，包含了对生命深刻而痛苦的体验，追求对痛苦、寂寞的表达，体现出了强烈的抒情色彩。

三、以海子诗歌中的主要意象为抓手来理解海子的诗。

海子诗歌当中的主要意象是麦地、村庄、太阳、远方、大海等。其中"麦地"是出现次数最多的（据统计有上百次），中国诗歌史上没有谁像他那样刻骨铭心地书写麦地。海子也因此被称为"麦地诗人"。"在青麦地上跑着/雪和太阳的光芒/诗人，你无力偿还/麦地和光芒的情义/"（《询问》），太阳与麦地，养育了生命，所以诗人觉得自己无力偿还这种情义，流露出了一种自我苛责与压榨的情绪。自然的麦地，是不是又有一种隐喻呢？"麦地/别人看见你/觉得你温暖，美丽/我则站在你痛苦质问的中心/被你灼伤/我站在太阳 痛苦的芒上"。（《答复》）五月的麦地金黄、温暖、美丽，诗人却被痛苦的质问灼伤，麦地会质问诗人什么呢？

海子是农民之子，在乡村生活了15年，深深了解农民的痛苦无奈，以及那个年代城乡之间的差别与不公。村庄就成了他常常书写的意象。"村庄 在五谷丰盛的村庄 我安顿下来/我顺手摸到的东西越少越好/珍惜黄昏的村庄 珍惜雨水的村庄/万里无云如同我永恒的悲伤"（《村庄》）——海子笔下的"村庄"是不是诗人们常常书写的田园牧歌似的诗情画意呢？

"我的事业 就是要成为太阳的一生……/太阳是我的名字/太阳是我的一生"。（《祖国（或以梦为马）》）"太阳"成为海子诗歌中光明的象征物，成为海子咏唱的主要意象。对光明的强烈渴望，往往是伴随着对现实失望而产生的。

海子一生向往远方，"远方"是诗人反复吟唱的主题之一。作为"远方的忠诚的儿子"，海子一直没放弃对充满诱惑和神秘的远方的追求。"远方"在诗人笔下又隐喻着什么呢？

据海子的朋友说，海子短短的一生中从未见过大海，"大海"却是海子诗中的主要意象之一。"面朝大海，春暖花开"，这是海子天才式的创造。大海在诗人笔下是一个可以真正找到精神归宿与幸福感的地方，可是"面朝大海"的姿势却是背离尘世的姿势，这种精神归宿与幸福感终究不过是诗人的想象。说到这里，我们就不得不提到许多读者对《面朝大海，春暖花开》的误读。这不是一首明快的诗，诗中对陌生人的祝福绝非是尘世对尘世的祝福，而是尘世外对尘世的祝福。这首诗就像是诗人即将远行时对尘世最后一眼深情的回眸：愿你们获得幸福，但这种俗世的幸福不是我的追求，"我只愿面朝大海，春暖花开"。

世间最美的东西，只能用最深痛的创伤来换取。海子用饱蘸着血与火的笔触抒写了大量的诗篇，同学们，去欣赏、去感受吧！

（马于玲　撰稿）

图书在版编目（ＣＩＰ）数据

面朝大海，春暖花开：海子经典诗歌集 / 海子著
. -- 武汉：长江文艺出版社，2018.6（2018.7 重印）
（教育部新编语文教材指定阅读书系）
ISBN 978-7-5354-9740-6

Ⅰ. ①面… Ⅱ. ①海… Ⅲ. ①诗集－中国－当代
Ⅳ. ①I227

中国版本图书馆 CIP 数据核字(2017)第 114527 号

责任编辑：徐晓星　　　　　　　　　责任校对：陈　琪
封面设计：徐慧芳　　　　　　　　　责任印制：邱　莉　　胡丽平

长江出版传媒　　长江文艺出版社

出版：
地址：武汉市雄楚大街 268 号　　　　邮编：430070
发行：长江文艺出版社
电话：027—87679360
http://www.cjlap.com
印刷：荆州市翔羚印刷有限公司

开本：640 毫米×970 毫米　　　1/16　　印张：15　　插页：1 页
版次：2018 年 6 月第 1 版　　　　2018 年 7 月第 2 次印刷
行数：4100 行

定价：26.00 元

教育部新编语文教材指定阅读书系书目

序号	书号	品种	定价	年级	备注	作 者
1	978-7-5354-9734-5	西游记(全二册)	46	七年级	必读	(明)吴承恩 著
2	978-7-5354-9720-8	朝花夕拾	25	七年级	必读	鲁迅 著
3	978-7-5354-9741-3	骆驼祥子	22	七年级	必读	老舍 著
4	978-7-5354-9729-1	海底两万里	29.8	七年级	必读	(法)凡尔纳 著 陈筱卿 译
5	978-7-5354-9743-7	湘行散记	22	七年级	指定阅读	沈从文 著
6	978-7-5354-4807-1	白洋淀纪事	29.8	七年级	指定阅读	孙犁 著
7	978-7-5354-9727-7	猎人笔记	26	七年级	指定阅读	(俄罗斯)屠格涅夫 著 力冈 译
8	978-7-5354-9576-1	镜花缘	35	七年级	指定阅读	(清)李汝珍 著
9	978-7-5354-9722-2	繁星·春水	22	七年级	选读	冰心 著
10	978-7-5354-9732-1	假如给我三天光明	22	七年级	选读	(美)海伦·凯勒 著 张雪峰 译
11	978-7-5354-9712-3	人类的群星闪耀时	22	七年级	选读	(奥)斯蒂芬 茨威格 著 樊华 译
12	978-7-5354-9745-1	紫藤萝瀑布·丁香结	26	七年级	选读	宗璞 著
13	978-7-5354-9721-5	城南旧事	22		选读	林海音 著
14	978-7-5354-9753-6	林家铺子	20		选读	茅盾 著
15	978-7-5702-0478-6	红星照耀中国	38	八年级	必读	(美)埃德加·斯诺 著 王涛 译
16	978-7-5354-9728-4	昆虫记	28	八年级	必读	(法)法布尔 著 陈筱卿 译
17	978-7-5354-9723-9	钢铁是怎样炼成的	35	八年级	必读	(苏)奥斯特洛夫斯基 著 周露 译
18	978-7-5702-0214-0	家风:傅雷给孩子的信	28	八年级	必读	傅雷 著
19	978-7-5354-9739-0	星星离我们有多远	26	八年级	指定阅读	卞毓麟 著
20	978-7-5354-9944-8	飞向太空港	28	八年级	指定阅读	李鸣生 著
21	978-7-5354-9733-8	寂静的春天	24	八年级	指定阅读	(美)蕾切尔·卡逊 著 曹越 译
22	978-7-5354-9725-3	给青年的十二封信	25	八年级	指定阅读	朱光潜 著
23	978-7-5354-9730-7	名人传	26	八年级	指定阅读	(法)罗曼·罗兰 著 傅雷译
24	978-7-5354-9714-7	三大师传	22	八年级	选读	(奥)斯蒂芬·茨威格 著 申文林 译 高中甫 校
25	978-7-5354-9731-4	居里夫人传	22	八年级	选读	(法)玛丽·居里 著 陈筱卿 译
26	978-7-5354-9978-3	三作家	26	八年级	选读	(奥)斯蒂芬·茨威格 著 王雪飞 译
27	978-7-5702-0215-7	昆明的雨	28	八年级	选读	汪曾祺 著
28	978-7-5354-9715-4	沙乡年鉴	26	八年级	选读	(美)奥尔多·利奥波德 著 胡向春 刘鑫译
29	978-7-5702-0123-5	史记	30	八年级	选读	(西汉)司马迁 著 张大可 注评
30	978-7-5702-0124-2	山海经(绘图全译本)	25	八年级	选读	佚名 著 李慕古 注译
31	978-7-5354-9719-2	艾青诗选	29.8	九年级	必读	艾青 著
32	978-7-5354-9717-8	水浒传(全二册)	78	九年级	必读	(明)施耐庵 著
33	978-7-5354-9713-0	儒林外史	33	九年级	必读	(清)吴敬梓 著
34	978-7-5354-9738-3	简·爱	34	九年级	必读	(英)夏洛蒂·勃朗特 著 宋兆霖 译
35	978-7-5354-9718-5	泰戈尔诗选	26	九年级	指定阅读	(印度)泰戈尔 著 冰心 郑振铎 译
36	978-7-5354-9716-1	世说新语	36	九年级	指定阅读	(南朝宋)刘义庆 著 骆玉明 注译
37	978-7-5354-9736-9	聊斋志异	45	九年级	指定阅读	(清)蒲松龄 著
38	978-7-5354-9735-2	唐诗三百首	26	九年级	指定阅读	(清)蘅塘退士 编
39	978-7-5354-9724-6	格列佛游记	29.8	九年级	指定阅读	(英)乔纳森·斯威夫特 著 白马 译
40	978-7-5354-9711-6	契诃夫小说选	30	九年级	指定阅读	(俄罗斯)契诃夫 著 姚锦镕 译
41	978-7-5354-9737-6	我是猫	25	九年级	指定阅读	(日)夏目漱石 著 姜慧 译
42	978-7-5354-9740-6	面朝大海,春暖花开:海子经典诗歌集	26	九年级	选读	海子 著
43	978-7-5354-9744-4	中国教育改造	29.8	九年级	选读	陶行知 著
44	978-7-5354-9742-0	蒲柳人家	28	九年级	选读	刘绍棠 著